永遠《とわ》に

立場茶屋おりき

今井絵美子

時代小説文庫

JN251963

角川春樹事務所

目次

木染月
こそめづき

おりきは達吉《たつきち》の背後からそっと顔を出した里実《さとみ》を見て、きやりと胸が高鳴るのを感じた。

円《つぶ》らな瞳《ひとみ》、頬骨《ほおぼね》から顎《あご》にかけての感じが、先代のおりきにそっくりなのである。

おりきの驚《おどろ》いた様子に、達吉がくすりと肩を揺《ゆ》らす。

「ねっ、驚きやしたでしょう？　あっしも初めて里実を見たとき、心《しん》の臓《ぞう》が止まるかと思ったほどびっくりしやしたぜ！　女将《おかみ》さんは娘の頃《ころ》の先代を知らねえだろうが、瓜割四郎《うりわりしろう》（そっくり）もいいところ！　あっしは四十年も昔に引き戻《もど》されたかのような想《おも》いに、思わず頬《ほお》を抓《つね》りやしたぜ……。さっ、里実、女将さんに挨拶《あいさつ》するんだ」

達吉に促《うなが》され、里実はスッと膝行《しっこう》すると、おりきの前で両手をつき、深々と頭を下げた。

「里実にございます。今日から立場茶屋《たてばぢやや》おりきで女中見習《じょちゅうみならい》をさせていただくことになりました……。至《いた》らぬところが多々《たた》あると思いますが、どうか宜《よろ》しくお願い致《いた》します」

「これは立派な挨拶だこと！　わたくしが立場茶屋おりきの女将おりきです。こちらこそ宜しくお願いしますね。大番頭の達吉はもう知っていると思いますが、こちらが旅籠《はたご》の番頭を務《つと》める潤三《じゅんぞう》で、そして、こちらが女中頭のおうめです。解《わか》らないことはおうめに訊《き》いて下さい……。おうめ、宜しく頼みましたよ」

おりきがおうめに目まじする。

「解りました。暫《しばら》くは女中見習として務めてもらいます。よって、さんづけは止《よ》すことにして里実と呼び捨てにしますが、いいですね？」

「はい」

「それで、仕事の内容や他の女中たち、板場衆《いたばし》への紹介は後でしますが、今日からのおまえの部屋のことです……。本来ならば、女中たちは茶屋の二階の使用人部屋に入ることになりますが、さすがに先代の孫娘を大部屋に入れるわけにはいかないので、二階家のあたしの部屋で寝泊《ねと》まりしてもらうことにしました。つまり、あたしと相部屋になるのだけど、それでいいですね？」

「はい。わたしはどこでも構いません」

「聞くところによると、おまえ、ひと通りの礼儀作法《れいぎさほう》を身に着《つ》けているんだってね？　ならば、話は早い！　おきちのときは一から手取り足取り教えなければならなかったけど、おまえが大番頭さんに連れられて帳場に入って来る仕種《しぐさ》を見て、安堵《あんど》しましたよ……。女将さん、恵心尼《けいしんに》という方はさすがですね！　どこに出しても恥《は》ずかしくないだけの躾《しつけ》をされていたんだもの……」

おうめが感心したように言う。

「だろう？　恵心尼さまはそりゃあ出来たお方でよ。躾や読み書きばかりでなく、女《おな》ごの嗜《たしな》みの大概《てえげえ》のことを教え込み、女将さん、まあ聞いて下せえよ！　なんと、里実は山野草が大好きということじゃねえか……。つまり、活《い》け花の心得《こころえ》もあるということでよ！　女将さんが茶花《ちゃばな》を活けるのが得意だというと、目を輝かせていやしたからね……」

達吉がそう言うと、おりきが頬を弛《ゆる》める。

「そう、山野草が好きなのね……。さぞや、高尾《たかお》の麓《ふもと》では、四季折々の山野草を愛《め》でることが出来たでしょう。で、現在《いま》はどんな花が咲いていますか？」

里実はおりきに瞠《みつ》められても臆《おく》することなく、はっきりとした声で答えた。

「山萩《やまはぎ》はもう終わりで、現在《いま》は宮城野萩《みやぎのはぎ》、筑紫萩《つくしはぎ》、丸葉萩《まるばはぎ》が全盛ですが、湿地《しっち》には梅《うめ》鉢草《ばちそう》、白髭草《しらひげそう》、そして至るところに、紫苑《しおん》や野紺菊《のこんぎく》、白山菊《しらやまぎく》といった紫苑の仲間が咲いていました。そう、杜鵑草《ほととぎす》も……。中でも、白花杜鵑草《しろばな》が可憐《かれん》で……」

まあ……、とおりきは目を細めた。

どうやら、里実は本当に山野草が好きなようである。

「そうですか、梅鉢草や白髭草がもう咲いていましたか……。わたくしの好きな花なのですよ。では、三郎《さぶろう》さんが採《と》ってきてくれるのを愉《たの》しみに待つことに致しましょう」

「大番頭さんから多摩《たま》の花売りが山野草を運んで来てくれると聞きましたが、毎日来るのですか？」

「いいえ、毎日というわけにはいかないのですよ。そうね、一廻《ひとまわ》り（一週間）に二度ほどかしら？」

「あのう……」

里実がそろりとおりきを窺《うかが》う。

「どうしました？」

「厚かましいお願いと思いますが、花売りがやって来たときに、わたしもご一緒《いっしょ》させてもらってもいいでしょうか……」

「ええ、構いませんよ。よい折なので、茶花を活けるのを手伝ってもらいましょうかね。ねっ、おうめ、構いませんよね？」

おうめが慌《あわ》てて頷《うなず》く。

「あっ、それがようございますね。これも修業の一つ……。活け花に後《うし》ろ向きな誰《だれ》かさんに比べると、天と地ほどの違いようだよ！　女将さん、里実は鍛《きた》え甲斐《がい》があってようございましたね」

おうめはさらりとおきちのことを揶揄《やゆ》してみせた。

おりきが苦笑《くしよう》する。

おうめが皮肉りたくなるのも道理で、おきちは茶の稽古《けいこ》にも活け花にも逃げ腰で、どこかしら、嫌々《いやいや》ながらやっていた節《ふし》が……。

それがどこから来るものなのか、先《さい》つ頃から、おりきにはやっと解ってきたように思う。

おきちは三代目女将をおりきから押しつけられたと思っているのである。

思うに、おきちには、おりきの養女になることと三代目女将になることは別物……。

それなのに、おりきばかりか周囲《まわり》の者から三代目を継《つ》ぐのが当然のように思われ、おきちは恐慌《きようこう》を来《きた》してしまったのであろう。

そんなときに、三吉《さんきち》が琴音《ことね》と祝言《しゆうげん》を挙《あ》げることになり、おきちはますます三代目を継ぐことに二の足を踏《ふ》んでしまったのではなかろうか……。

「おうめ、もうよいではないですか！　それより、旅籠衆《はたごし》に里実を紹介するのが先ですよ」

おりきがやんわりとおうめを制し、目まじする。

「そうでした、そうでした。さっ、里実、ついておいで……」

おうめに促され、里実はおりきや達吉たちに頭を下げると、帳場を出て行った。

達吉が肩を竦《すく》める。

「おうめの奴《やつ》、平然とした顔をして、おきちに毒を吐《は》いてみせるもんだから、驚いちまったぜ！　あいつ、これまでは口に出さなかったが、おきちのことでかなり気を苛《いら》っていたとみえるな……」

「それにしても、吉野屋《よしのや》からあれきり音沙汰《おとさた》がねえとは、妙《みよう》でやすね？　明日は八朔《はつさく》（八月一日）だ……。もう少し涼しくなるまで出立《しゆつたつ》を控《ひか》えているといっても、その後、おきちさんが京《きよう》でどうしているかくれェ、文《ふみ》に書いて寄越《よこ》してもよさそうなものを……」

潤三が訝《いぶか》しそうに言う。

「ああ、確かに言えてる……。けど、おきちもおきちよ！　いくら京での暮らしが愉しくて仕方がねえといっても、文の一つくれェ書いてもよさそうなものを……。そのために女将さんやあっしが手習を教え込んだというのに、あいつ、何を考えてるんだか！」

達吉が忌々《いまいま》しそうに言う。

「それに引き替《か》え、里実の折り目正しい態度はどうでェ！　毅然《きぜん》としていてよ……。ありゃ、生まれながらにして女将の風格を備《そな》えてるってことだぜ。さすがは先代の孫娘……。血は水よりも濃《こ》いってことだな！」

達吉が満足そうに鼻蠢《おごめ》かせる。

が、おりきは何か考えるところでもあるのか、唇《くちびる》を嚙《か》み締《し》めていた。

「どうかしやしたか？」

達吉がおりきの表情に気づき、怪訝《けげん》な顔をする。

おりきは目を上げた。

「いえね、今、わたくしは恥じていましたの……」

「恥じるって、何を？」

「里実は確かに折り目正しく毅然としていて、生まれながらの風格を持ち合わせていますか……。けれども、それは先代の血を引いているからというよりも、恵心尼さまの育て方が優《すぐ》れていたからではないでしょうか……。それに引き替え、おきちは……。

おきちは十歳でここに引き取られ、わたくしの養女となってまだ数年ですが、それなりの躾や嗜みを教えてきたつもりです。それは、おきちが三代目女将になるからではなく、旅籠の一女中としても同じこと……。それなのに、里実の足許《あしもと》にも及ばないとはどういうことなのでしょう……。そう思うと、わたくし、なんだか恵心尼さまに気恥ずかしく思えてなりません。あの方は心《しん》から里実を慈《いつく》しみ、どこに出しても恥ずかしくない娘にと育てられたのでしょうね。わたくしは恵心尼さまほどの慈愛《じあい》を持って、おきちを育てただろうか……。答えは否《いな》です。女将として全体に目を行き渡らせなくてはならず、おきちだけに目をかけてやることが出来ませんでした。けれどもそれは言い訳で、おきちを三代目にと腹積《はらづ》もりをしたからには、それではいけなかったのです……。おきちにも悪いことをしてしまいました。わたくしの中途半端《ちゅうとはんぱ》なそんな気持が、おきちを気後《きおく》れさせてしまったのかもしれませんもの……」

おりきが辛《つら》そうにそう言うと、達吉が首を振る。

「いや、女将さん、そりゃ違う！　おきちは根っからの海とんぼ（漁師）の娘なんだよ……。孤児《みなしご》になった三吉とおきちの双子兄妹《ふたごきょうでえ》を女将さんが不憫《ふびん》に思い引き取ったが、三吉は京に行っちまって、おきちは独《ひと》りぼっち……。あすなろ園の子供たちの中で、みずきやおいねには親がいるが、おきちにゃ身寄りがねえ……。それで、日頃から女将さんが店衆《たなし》やあすなろ園の子供たちは、皆、我が子、と口癖《くちぐせ》のように言ってるのをよいことに、自《みずか》ら養女にしてくれと言い出したんじゃねえか……。それなのに、養女になることは三代目を継ぐことになると気づいた途《と》端《たん》、二の足を踏むようになったってわけで、女将さんの育て方が悪かったからじゃねえ……。なっ、潤三、おめえだってそう思わねえか？」

「ええ、あっしもそう思いやす」

「それによ、おきちを養女にしたときには、先代の孫娘がこの世にいると判《わか》らなかったんだ……。そう考えてみると、おきちが三代目になるのに乗り気じゃなかったのを幸いと思わなくっちゃな……。だから、女将さんが恥じることなんて何一つねえんだ！　なるべくして、こうなったんだからよ」

おりきには、達吉の言うことが痛いほどに解った。

だが、何故《なぜ》かしら、いまひとつ吹っ切れないのはどうしてだろう……。

おりきはふうと肩息《かたいき》を吐《つ》いた。

里実が立場茶屋おりきの旅籠にやって来て、二廻《ふたまわ》り（二週間）……。

いよいよ、明後日《あさって》は十五夜である。

「それで、里実の様子はどうですか？」

おりきは朝餉膳《あさげぜん》を下げに来た、おうめに訊《たず》ねた。

「ええ、そりゃもう、呑《の》み込みの早い娘《こ》で……。一を聞いて十を知るとは、里実のような娘《こ》のことをいうのでしょうね……。それでね、女将さん、明後日は月見客で客室は満室でございましょう？　その晩から、里実をお座敷に出してはどうかと……。いえ、勿論《もちろん》、あたしが傍《そば》につきますよ。今宵《こよい》から客室での作法をひと通り教え込んでおき、極力《きょくりょく》、明後日は里実に委《まか》せるつもりなんですが、それで宜しいでしょうか？」

まあ……、とおりきが目を瞠《みは》る。

おきちのときには接客を委せるのに二月《ふたつき》はかかったというのに、僅《わず》か半月で……。

客室の配膳、給仕には、各室一人ずつつくことになっているが、それは古くからいる女中の役目で、奉公して間もない者は、板場から客室の前まで料理を運ぶのが役目……。

おきちの場合は、先々《さきざき》の三代目女将ということもあり、二月《ふたつき》ほどでおうめが付き添《そ》っての客室係となったのであるが、里実がおきちを遥《はる》かに凌《しの》ぎ半月とは驚きである。

「それほどおうめが太鼓判《たいこばん》を押すのであれば、わたくしは構わないのですが、大丈夫ですか？」

「大丈夫ですよ。粗相《そそう》する前に、さり気なく、あたしが救いの手を差し出しますんで……。いえね、あの娘《こ》なら出来ると思うんですよ。それに、里実を一日も早く若女将としてお客さまに披露《ひろう》するためにも、今のうちから顔を憶《おぼ》えてもらっていたほうがよいと思いますんで……。それでですね、里実の受け持ちを浜木綿《はまゆう》の間にしてはどうかと思いまして……」

「浜木綿の間……。あっ、沼田屋《ぬまたや》さまの部屋ですね。ええ、それがよいでしょう。明日は沼田屋、高麗屋《こうらいや》、真田屋《さなだや》と、皆さんがお揃《そろ》いですものね」

「真田屋さまは旦那《だんな》さまだけで？　源次郎《げんじろう》さんはご一緒じゃないのですか？」

「ええ、五月の末に赤児《やや》がお生まれになったとかで、此度《こたび》は遠慮するとか……。なんでも、沼田屋さまの話では、源次郎さんが片時《かたとき》も赤児《やや》の傍を離れたくないのだとか……」

「まあ、そうなんですか！　そりゃ嬉《うれ》しいでしょうね。真田屋にしてみれば、待望《たいぼう》の男子が生まれたのですもの……。これでもう、婿取《むこと》りとはおさらばってことで、真田屋は福徳《ふくとく》の百年目なんてものじゃないですね！」

「本当ですこと……。では、浜木綿の間は里実とおうめに委せることにして、抜かりのないように頼みましたよ」

「畏《かしこ》まりました」

おうめが辞儀《じぎ》をして帳場を出て行く。

おりきは連子《れんじ》窓《まど》の下に置いた、鶴首《つるくび》の花入れに目をやった。

油芒《あぶらすすき》が一本すっと伸び、根元に白花杜鵑草が……。

里実が活けたものである。

昨日、多摩の花売り三郎が、月見飾りの打ち合わせかたがた運んできた山野草の中に白花杜鵑草を見つけた里実は、パッと目を輝かせた。

「わっ、白花杜鵑草！　まあ、梅鉢草も草牡丹《くさぼたん》や蝙蝠草《こうもりそう》も……。女将さんがおっしゃっていたのは本当だったのですね。普通はつい見逃してしまいそうな草花を運んできてもらってるって……。ああ、高尾が恋しくなりました！」

里実がそう言うと、三郎は目をまじくじさせた。

「ほう、おめえさん、高尾の出かえ？　あの辺りにゃ、こんなものは掃《は》いて捨てるほどあるだろう？　大《てえ》して珍しくもねえのに、こんなに悦《よろこ》ぶとはよ……」

「他人《ひと》が気にも留《と》めない草花だから愛《いと》しいのですよ。ほら、見て下さいよ！　蝙蝠草なんて葉が羽根を広げた蝙蝠に似ていて、花がこんなに小さな円錐状《えんすいじょう》で、こんなにも可憐ではないですか……」

「あらあら、三郎さん、里実がこんなに悦ぶ姿を見たら、これはなんでも、せっせと持って来なければならなくなりましたわね……。それで、十五夜の月見飾りですが、今年はどんな花が揃いそうですか？」

おりきが割って入ると、里実が目を瞬《しばた》く。

「月見飾りって……」

「ああ、里実は初めてでしたわね。うちでは十五夜と翌月の後《のち》の月（九月十三日）には、客室の縁側《えんがわ》を野山に見立て、萩の隧道《ずいどう》を創《つく》ったり山野草を飾るのですよ……。お客さまが野山から海に浮かぶ月を愛でるって趣向《しゅこう》なのですよ」

まあ……、と里実はうっとりとした面差《おもざ》しをした。

頭の中に、その光景を想起《そうき》しているのだろう。

「あっしはいつも草花を届けるだけで、女将さんが創りなさった光景を一度も目にしたことがねえんだが、さぞや、見応《みごた》えがあるんでしょうな……。今年も萩、芒《すすき》は委せておいて下せえ。それに、薄雪草《うすゆきそう》、松虫草《まつむしそう》、紫苑、それに段菊《だんぎく》、仙人草《せんにんそう》……。牡丹蔓《ぼたんづる》があればよかったが、もう終わっちまったもんだからよ……」

「それだけあれば、充分ですわ。一人で運べますか？」

「いや、さすがにあっし一人じゃ無理なんで、明後日《あさって》はおえんと一緒に大八車《だいはちぐるま》を牽《ひ》いて参りやす」

「ご苦労でしょうが、では、お願いしましたよ」

「へい」

三郎はそう言って戻って行った。

おりきは白花杜鵑草に見入る、里実に声をかけた。

「里実が活けてみますか？」

えっと、里実は目を瞠った。

「客室にですか？」

「客室はわたくしが活けますので、傍で見ていなさい。そうね、里実には帳場の鶴首を頼みましょうか……。わたくしは口を挟《はさ》みませんので、花を選ぶのも活けるのも、一人でやってごらんなさい」

「はい」

里実は素直に頷き、おりきが客室の床の間や柱の掛花《かけはな》入れに花を活けるのを目を皿のようにして瞠めていたが、最後に帳場の鶴首という段になり、さて、どんな花を選ぶのかと見ていたら、迷わず白花杜鵑草を選び、それだけでは物足りないと思ったのか、背丈のある油芒を一本配したのである。

斬新《ざんしん》な配し方のように見え、油芒を添えたことで、白花杜鵑草が一際《ひときわ》引き立つではないか……。

改めて、おりきは里実の感覚の良さを見たように思った。

「十五日は朝から大忙しなのですよ。泊《と》まり客をお見送りしたら、すぐさま、五部屋すべてを秋の野山に仕立てていかなければなりません……。里実にも手伝ってもらうことになるでしょうから、心しておいて下さいね」

おりきがそう言うと、里実は嬉しそうに、はい、やらせてもらいます、と答えた。

そんな前向きな姿勢は、おきちにはなかったものである。

無論《むろん》、おきちも手伝いはしたが、どこかしら渋々《しぶしぶ》といった感は拭《ぬぐ》えなかった。

今年の十五夜は愉しみだこと……。

おりきは独りごちると、帳簿へと目を戻した。

「女将さん、幾千代《いくちよ》姐《ねえ》さんがお越《こ》しでやす」

玄関《げんかん》側の障子《しょうじ》の外から、下足番《げそくばん》の吾平《ごへい》が声をかけてくる。

おりきは帳簿を片づけると、どうぞ、お通しして下さい、と答えた。

幾千代は湯屋《ゆや》からの帰りなのか、浴衣姿《ゆかたすがた》に洗い髪を櫛巻《くしま》きにして、帳場に入って来た。

「堪忍《かんにん》え、こんな恰好《かっこう》で……。いえね、昨日、行合橋《ゆきあいばし》で下足番見習の末吉《すえきち》に出会《でくわ》したら、先代の孫娘を旅籠で引き取ったというじゃないか！　あちしは初耳だったもんだから、思わず耳を疑っちまってさ……。すぐにでも寄りたかったんだけど、昨日はお座敷を幾《いく》つも掛け持ってたもんだから、来られなかったんだよ……。ところが、さっき湯に浸《つ》かっていたら、居ても立ってもいられなくなっちまってね……。それで身支度《みじたく》をするのも面倒で、こうして身すがら来ちまったんだよ」

幾千代は気恥ずかしそうにそう言うと、髪にちょいと手をやった。

幾千代の纏《まと》った濃い藍地《あいじ》の浴衣には、両面染《りょうめんぞめ》の白い鳥が……。白が鮮明《せんめい》に浮き上がって見えるのは、両面染の妙味《みょうみ》といってもよく、幾千代が気恥ずかしがることはない。

「いえ、お似合《にあ》いですことよ。夏場ですもの、ちっともおかしくありませんわ……。そうですか、末吉からお聞きになりましたのね。それが急な話でしたもので、幾千代さんにお話しすることが出来なかったのですよ」

幾千代はおりきの傍まで寄って来ると、

「悪いけど、熱いお茶よりも麦湯《むぎゆ》をおくれでないかえ？　湯上がりで暑くってさァ……」

と言い、手拭《てぬぐい》で額の汗を拭った。

「気づきませんで……。少々、お待ち下さいませ」

おりきは板場側の障子を開けると、ポンポンと手を叩《たた》いた。

おみのが小走りに寄って来る。

「幾千代さんに麦湯をお出しして下さいな」

「畏まりました」

「あっ、それから、里実はどうしています？　手が空《す》いているようなら、里実に麦湯を持たせて下さい」

「はい」

おみのが去って行くと、里実っていうのかえ、その娘《こ》……、と幾千代が声をかけてくる。

「ええ、そうなのですよ。わたくしどもでも、まさか、先代の孫娘がこの世にいるとは知らなかったものですから、それはもう、驚いてしまいましてね……」

おりきは妙国寺《みょうこくじ》の住持《じゅうじ》から、里実を旅籠で女中として使ってくれないか、と話を持ちかけられたことから話し始めた。

幾千代が目をまじくじさせながら言う。

「へぇエ、そうなんだ……、ここで使ってくれないかといった娘《こ》が、まさか、先代の孫娘だったとはね……。偶然《ぐうぜん》にしても、出来すぎた話じゃないか！　けど、これはおまえさんが言うように、先代が里実って娘《こ》に引き合わせてくれたんだよ。そうとしか思えないね……。達つァん、悦んだだろう？」

「ええ、それはもう……。ついこの間まで、もう歳《とし》だの、そろそろ隠居をさせてくれないかだのと言っていたのが嘘《うそ》みたいに、すっかり張り切ってしまって……」

「ふふっ、目に見えるようだよ……。で、どんな娘《こ》だえ？　いい娘《こ》かえ？」

「実際にお逢《あ》いになれば判りますよ。それはもう申し分のない娘ですよ」

おりきがそう言うと、計《はか》ったかのように声がかかった。

「里実です。麦湯をお持ちしました」

幾千代は喉《のど》を鳴らして麦湯を飲み干《ほ》すと、里実に目を据《す》えた。

え？」

「女将さんから聞いたよ。おまえ、先代の孫娘なんだってね？　幾《いく》つになったのか

「十七歳です」

「へえェ、奉公するには丁度《ちょうど》よい年頃だね。これまで、高尾の尼寺《あまでら》にいたんだって？」

「はい。恵心尼さまに育ててもらいました」

「女将さんが言ってたよ。恵心尼さまのお陰《かげ》で躾の行き届いた、とても良い娘に育ったと……。あちしはさ、これでも人を見る目だけは確かなんだ。おまえ、先代にどこかしら感じが似ているよ。あちしは幾千代といって、おりきさんとは水魚《すいぎょ》の交《まじ》わりをしていてね。今日は湯屋の帰りなのでこんな形《なり》をしているが、これでも芸者でね……。ここにはちょくちょく顔を出すんで、宜しくね！」

「はい。こちらこそ宜しくお願いします」

里実が両手をつき、慇懃《いんぎん》に頭を下げる。

そして頭を上げると、麦湯をもう一杯お持ちしましょうか？　と訊ねる。

「いや、おりきさんに美味《お》しいお茶を淹《い》れてもらうから、もういいよ」

おりきは里実に目まじした。

「もう下がっていいですよ」

「では失礼します。どうぞ、ごゆっくりなさって下さいませ」

　里実は愛らしい笑《え》みを見せると、下がって行った。

「いい娘《こ》じゃないか！　おりきさん、良かったね。これで、三代目は決まったようなもんだ……。当然、おまえさんもその気なんだろ？」

　おりきは茶を淹れながら、ふわりとした笑みを返した。

「おきちのことを考えると頭が痛いのですが、わたくしは先代から立場茶屋おりきを預かった身……。先代に孫娘がいると判ったからには、里実に継がせるのが筋ですからね。それに、誰が見ても里実はあんなによい娘ですもの、三代目に相応《ふさわ》しいのはおきちより里実だと……」

「おまえさん、まさか、里実を三代目にすると聞いたら、おきちがぶん剥《むく》れるんじゃなかろうかと思ってるんじゃないだろうね？　だったら安心しな。寧《むし》ろ、おきちはほっとするだろうからさ……。現在《いま》だから言うけど、あちしは端《はな》からおきちは女将に向いていないと思ってたんだよ。人には持って生まれた器《うつわ》ってものがあるからさ！　おきちは他人《ひと》の上に立つような器じゃない……。それに引き替え、里実は女将としての資質《ししつ》を持ち合わせているからね。先代の血がそうさせたのだろうが、これは偏《ひとえ》に恵心尼さまの育て方の賜物《たまもの》だろうね」

「ええ、わたくしもそう思います。恵心尼さまも、大凡《おおよそ》のことは教え込んできたとおっしゃっていたそうです」

「ところで、恵心尼さまって何者なんだえ？　鶴見《つるみ》の東福寺《とうふくじ》の和尚《おしよう》とどんな関係があるのさ」

「ええ、それが……」

おりきは恵心尼がさる大名の側室《そくしつ》に仕《つか》えた腰元《こしもと》で、仕えていたお春《はる》の方が男子を出産した後に息を引き取り、他の側室たちが赤児《やや》を亡き者にしようと相談しているのを小耳に挟み、なんとか若君の生命《いのち》を救おうと、後先《あとさき》考えずに赤児《やや》を抱いて中屋敷を飛び出したのだと話して聞かせた。

「えっ、そのために赤児《やや》が死んだって！」

「ええ……。逃げ出したのはよいのですが、赤児《やや》を産《う》んだことのない恵心尼さまには、どう扱ったらよいのか解らなかったのでしょうね。気づくと、腕の中で赤児《やや》が息絶《いきた》えていたそうですの……。恵心尼さまはすっかり恐慌を来してしまい、魂《たましい》を抜き取られたかのように巷《ちまた》を彷徨《さまよ》っていたそうです。築地本願寺《つきじほんがんじ》からの帰り道、東福寺の和尚が出会したのはそんなときだといいます……。以来、恵心尼さまは仏門に入り、お春の方と若君の御霊《みたま》を弔《とむら》うことにされたそうで、鎌倉《かまくら》の英勝寺《えいしょうじ》から高尾山の麓に庵《いおり》を開かれたのは、三十路《みそじ》を過ぎてからのことといいます」

「その庵の近くで、里実のおっかさんが生後間もない赤児《やや》を抱いて倒れていたとはね……。けど、白金屋《しろがねや》も阿漕《あこぎ》なことをするじゃないか！　國哉《くにや》っていったっけ？　先代の息子もろくなもんじゃない……」

「いえ、里江《さとえ》って女《ひと》に退代《のきしろ》を渡し、二度と息子に近づかないようにと誓紙《せいし》まで書かせたのは、國哉さんの父親《てておや》、つまり、先代のご亭主國蔵《くにぞう》さんで、里江さんが身籠《みご》もっていることを知ったのは、その後のことといいます」

「じゃ、國哉は里江さんが身籠もっていたことを知らなかったと？」

「ええ。里江さんは退代を貰《もら》ったからにはもう國哉さんには頼れないと、独りで赤児《やや》を産む決意をしたそうですの……。けれども、退代を実家《さと》の父親《てておや》に毟《むし》り取られてしまい、里江さんは臨月《りんげつ》ぎりぎりまで水茶屋《みずぢゃや》の下働きをして、そこを追い出されてからは行き場もなく、御堂《みどう》の中で自力でお産を……。それが悪かったのでしょう。すっかり衰弱してしまった里江さんは、恵心尼に拾われて半月後、赤児《やや》を遺《のこ》して息を引き取ったそうですの」

　幾千代が蕗味噌《ふきみそ》を嘗《な》めたような顔をする。

「なんて不憫な……。だが、恵心尼さまに巡《めぐ》り逢えたことだけが、唯一《ゆいいつ》の救いだね。

他の者に拾われていたら、里実はどうなっていたか判らない……。そうして考えてみると、やはり、先代が里江さんを恵心尼さまの許《もと》に導《みちび》いたとしか思えない……」

「ええ、わたくしもそう思います。そして、恵心尼さまが庵を閉じるに際し、里実が立場茶屋おりきに引き取られるように仕向けたのも、先代のように思えてなりません……。ですから、里実は戻るべき場所に戻ったのですよ」

「戻るべき場所に戻った……。ああ、確かに言えてる！　それで、現在《いま》、恵心尼さまはどこにいるのさ」

「当初は相模原《さがみはら》の尼寺に身を寄せると言われていたそうですが、そこの尼僧《にそう》も恵心尼さまとさして歳が違わないので、鎌倉の英勝寺に戻られることに……。恐らく、今頃は英勝寺から迎えがきて、鎌倉に行かれていると思いますよ」

「そうかえ……。なら、安心だ！　じゃ、おりきさんも励みが出来たね。里実を三代目女将に仕立て上げなきゃならないのだからさ！」

「ええ、そうすることが、せめてもの先代への恩返しと思っています。けれども、里実は本当に賢《さと》い娘《こ》で、現在《いま》は女中見習としておうめの下に就《つ》けていますが、おうめが言うには、一を聞いて十を知るようだと……。それで、明後日の十五夜から客室係を務めさせることにしましたの」

「えっ、もう……。だって、ここに来てまだ二廻りだろ？」

「おうめが傍につきますので、抜かりはないかと……。それに、里実が受け持つのは、沼田屋、高麗屋、真田屋のお三方《さんかた》の部屋でしてね。皆さん、里実が先代の孫娘と知れば、寧ろ、お悦びになるのではないかと思います」

「なんだ、そうかえ……。三人とも、常連中の常連だもんね。それで、おきちはまだ京から戻って来ないのかえ？　便りはあるんだろうね？」

　幾千代がそう言うと、おりきがふっと眉根《まゆね》を寄せる。

「潤三が一人で京から戻って来た直後に吉野屋から文が届いたきりで、それ以降はうんともすんとも言ってきませんの。まだ日中は残暑が厳しいといっても、朝夕は涼しくなりましたからね。もうそろそろ戻って来てもよい頃かと……」

「もしかしたら、もう戻って来る気がないんじゃないかえ？」

「まさか……。それなら尚《なお》のこと、便りを寄越してもよいはずです。嫌《いや》ですわ、幾千代さん、吉野屋さまがついていて、まさかそんなことをなさるわけがありませんわ」

「それもそうだね……。じゃ、あちしはそろそろお座敷に出る仕度《したく》をしなきゃなんないから、お暇《いとま》するよ」

「あら、中食《ちゅうじき》をご一緒にどうかと思っていましたのに……」

「それはまたってことにさせてもらうよ。十五夜が近くになると、今宵辺りから早々《はやばや》と月を愛でようという客がいてね……。これでも結構忙しい身体《からだ》なんだよ。でも、里実の顔が見られて良かったよ！　これで安心してお座敷を務められるってもんだ……。じゃ、おさらばえ！」

幾千代は満足そうな笑みを浮かべ、立ち上がった。

里実はおりきとおうめが器用《きよう》な手つきで萩の隧道を創っていくのを見て、まあ……、と目を瞠った。

縁側の両端に壺《つぼ》を置き、萩を活けると鴨居《かもい》に打ちつけた留金《とめがね》に蔓《つる》を這《は》わせて隧道を創っていくのである。

そうして、縁側の各所に配した壺に芒、薄雪草、松虫草、男郎花《おとこえし》、紫苑、仙人草などを活け、縁側全体を秋の野山に……。

「なんて見事な！　ああ、まるで野山に立っているかのようです。それで、月はどの辺りに出るのですか？」

里実がそう言うと、おりきが東の空を指差す。

「あの水平線辺りから出た月が次第に上空へと昇《のぼ》っていき、海に月明かりが射《さ》し込みます。そうすると、海面に月の道が出来ましてね、その情景には胸が顫《ふる》うようですのよ。なんとか今宵は望《もち》の月が拝《おが》めそうですね」

「月の道……。わァ、わたしは海を見たのもここに来てが初めてで、想像しただけで胸が顫えるようです！」

里実が興奮したように言う。

「けど、高尾で見る月も綺麗《きれい》だっただろうに……。縁側にわざわざ秋の野山を創らなくても、周囲《まわり》は山と野原ばかりだもんね」

おうめがそう言うと、里実が頷く。

「ええ、確かに山間《やまあい》に出る月は美しかったですよ。けど、海面に月明かりが射すなんて……。高尾にいたのでは、絶対に見られない光景ですもの……」

「里実、松風《まつかぜ》の間はおうめに代わっておまえが萩の隧道を創ってみますか？」

おりきに言われ、里実が目を輝かせる。

「えっ、いいのですか？　ええ、是非《ぜひ》、やらせて下さい！」

こんなところを見ても、手伝えと言われて渋々《しぶしぶ》と従ったおきちとは雲泥《うんでい》の差……。

里実はおうめに代わって、てきぱきと萩の隧道を創っていった。

そうして、五部屋すべてを飾り終えると、正午近くになっていた。

「女将さん、少し早《はえ》ェが月見膳《つきみぜん》の打ち合わせをしてェと……」

帳場に戻ると、待ってましたとばかりに巳之吉《みのきち》がやって来る。

「そうでしたわね。では、説明をして下さいな」

すると、気配《けはい》を察した潤三が、聞き漏《も》らしてはなるものかと帳場に入って来た。

「へっ、まず先付《さきづけ》でやすが、今宵は松茸《まつたけ》と蟹《かに》、三つ葉の和《あ》え物……。そして、椀物《わんもの》が蛤《はまぐり》の清《す》まし汁、松茸、木の芽添《ぞ》えで、向付《むこうづけ》が平目《ひらめ》、鯛《たい》、車海老《くるまえび》、戻り鰹《がつお》で、人参《にんじん》、南瓜《かぼちゃ》、浜防風《はまぼうふう》、山葵《わさび》添え……」

「松茸をふんだんに使っているのですね」

「へっ、初物《はつもの》が手に入《へえ》りやしたんで、こればかりか、ご飯物《はんもの》も松茸ご飯《はん》となってやす」

「そして次の焼物《やきもの》が、石焼《いしや》きですね」

「へい。よく焼いた石を皿に載《の》せてお出しし、車海老、烏賊《いか》、鮑《あわび》、鱸《すずき》の切り身をお客さまに焼いてもらい、二杯酢《にはいず》に浸《ひた》して食べてもれェやす」

「浜木綿の間は里実が給仕をするのですが、重くはありませんか？」

「えっ、里実が……。いや、大丈夫《でえじょうぶ》でしょう。さほど重《おめ》ェ石じゃねえんで……。けど、里実に客室係をやらせるのは些《いささ》か早《はえ》ェのじゃ……」

巳之吉が気遣《きづか》わしそうな顔をする。

「いいえ、おうめが傍につきますし、里実にやらせたいと言い出したのは、おうめなのですよ。きっと、何か思うところがあるのでしょう」

巳之吉が苦笑《にがわら》いする。

「どうやら、大番頭さんばかりかおうめさんまでが、一日も早く里実を若女将にしてェとみえる……。へっ、解りやした。で、次が煮物《にもの》となりやすが、まだ幾分《いくぶん》暑い時季なんで、冷やし煮物として、南瓜、管牛蒡《くだごぼう》、海老、隠元《いんげん》の炊き合わせを……。そして、揚物《あげもの》に続いてご飯物となりやすが、松茸ご飯、香《こう》の物、留椀《とめわん》が鱧《はも》と三つ葉の清まし仕立て……。水物《みずもの》が梨《なし》、甘味《かんみ》が水羊羹《みずようかん》となってやす。これで如何《いかが》でしょうか?」

巳之吉がおりきを瞠める。

「ええ、これでよいと思いますよ。先付にもう少し月見膳らしい趣向があってもよいかと思いましたが、和え物の小鉢《こばち》が載った籠《かご》に、松葉《まつば》や柿《かき》の葉、紅葉《もみじ》が敷き詰められ、栗《くり》の毬《いが》や葡萄《ぶどう》の蔓が配されているのですね」

おりきがそう言うと、巳之吉が頷く。

「もっと月見膳らしく奇《き》を衒《てら》った趣向をとも思ったのでやすが、そうすると、せっかく女将さんが丹精《たんせい》を込めて創られた月見飾りの影が薄くなっても困ると思い、今年は少し抑《おさ》え気味にしてみやした……。これでは寂《さみ》しすぎやしたでしょうか？」

いえ……、とおりきが慌てて首を振る。

「これで充分です」

「そうでやすぜ！　あっしなんか、彩色《さいしき》してねえ墨《すみ》の絵を見ただけで、思わず目の前《めえ》に秋の風景が浮かんできたほどだ……。やっぱ、板頭《いたがしら》は凄《すげ》ェや！」

潤三が感心したように言う。

「じゃ、これでいかせてもれェやすんで……」

巳之吉が頭を下げ、板場に戻ろうとする。

「あっ、お待ち！　巳之吉、連次《れんじ》が抜けて、その後、板場は甘《うま》く回っていますか？」

おりきが呼び止めると、巳之吉が振り返り、なんだ、そんなことかといった顔をする。

「ええ、連次がいなくても一向《いっこう》に困ることはありやせん。福治《ふくじ》がよくやってくれてるし、焼方《やきかた》に上がった政太《せいた》や昇平《しょうへい》が張り切っていやすからね……。寧ろ、お山の大将気取りだった連次が抜けて、板場の風通しがよくなったようでやす」

「それならばよいのですが……。板場に手が足《た》りないようなら、いつでも口入屋《くちいれや》に声をかけますので言って下さいね」

「へい。現在《いま》のところは困っていやせんので……」

巳之吉はそう言うと、板場へと下がって行った。

板場の煮方《にかた》を務めていた連次が辞《や》めたのは、七月の末のこと……。

巳之吉の話では、連次は歩行新宿《かちしんしゅく》の山吹亭《やまぶきてい》に引き抜かれていったのだという。

立場茶屋おりきにいたのでは、板頭の巳之吉、板脇《いたわき》の市造《いちぞう》がいる限り、いつまで経《た》っても花板《はないた》にはなれない。

おまけに、この頃うち、焼方の福治がめきめきと腕を上げ巳之吉からも頼りにされているふうなので、いつ煮方の座を奪《うば》われるやもしれないと思ったのか、連次は山吹亭の御亭《ごてい》から、立場茶屋おりきの献立《こんだて》や風味合《ふうみあい》を盗《ぬす》んでくれれば花板にしてやる、という言葉に乗せられてしまったようである。

が、巳之吉はその話を連次の口から聞いても、微塵芥子《みじんけし》ほども動じる気配がなかった。

巳之吉は、山吹亭に行きてェという連次を止めるつもりはない、立場茶屋おりきの献立や風味合を盗むなんて冗談じゃねえ！　連次には似たような料理は作れるかもしれねえが、料理に対する思い入れが違う、それが解らねえ奴はどこにいようと美味《うめ》ェ料理、客に悦んでもらえる料理は作れやしねえ、山吹亭でもどこでも行きてェところに行けばよい、と平然とした顔で言ったのである。

そして、連次が抜けた後、福治を煮方に追廻《おいまわし》の政太と昇平を焼方に上げ、そればかりか、福治には見込みがある、先々、福治を板脇に、いや板頭の座を譲《ゆず》ってもよい、とまで言い切ったのだった。

その話を聞いて、おりきは胸を熱くした。

自分が里実を三代目女将にと思うように、巳之吉もまた、板場の将来のことを考えていたのである。

おりきも巳之吉も、この年、三十九歳……。

達吉にいたっては六十路《むそじ》を越えたのであるから、現在《いま》から、いつ後進《こうしん》に道を譲ってもよいように準備万端調《じゅんびばんたんととの》えておかなければならないのである。

巳之吉の姿が見えなくなると、潤三がおりきを窺う。

「女将さん、本当は連次の奴が山吹亭で甘くやっているかどうか気になっているのでしょう?」

えっ……、とおりきは慌てた。

潤三に正鵠《せいこく》を射《い》られたように思ったのである。

「いえ、わたくしはそんな……」

「何遍《なんべん》も言いやすが、後足《あとあし》で砂をかけるような真似《まね》をして辞めていった連次のことなど、気にすることはありやせんぜ……。仮に、連次が山吹亭に行ったはいいが、思い通りにならなかったとしても、それは自業自得《じごうじとく》ってもんで、人参飲んで首縊《くく》る（前後を考えずに行動して身を滅ぼす）ようなもんだからよ。女将さんのように恩を仇《あだ》で返《けえ》された相手にまで情をかけるこたァありやせんよ」

「潤三、もうそれ以上は言わないで下さい。いえね、甘くやってくれればよいと、わたくしはそう思っているだけですから……。それはそうと、大番頭さんの姿が見えないようですが……」

おりきが訝しそうな顔をする。

「へえ、それが……。一刻《いっとき》（二時間）ほど前《めえ》に、近江屋《おうみや》の旦那から呼び出されやしてね」

「近江屋の旦那さまが？　一体、何事かしら……」

「さあ……。下足番が呼びに来て、大番頭さんが慌てて出て行ったのでやすが、何があったのかあっしは聞いてやせん」

近江屋忠助《ただすけ》が達吉に用とは……。

常なら、忠助は用があれば訪ねて来る。

それなのに、達吉を呼び出すとは、おりきには知られたくないということなのであろうか……。

おりきの胸がざわめく。

「近江屋に問い合わせてみやしょうか?」

「いえ、お止しなさい! そのうち戻って来るでしょうから、もう少し待ちましょう」

おりきは敢《あ》えて冷静を装《よそお》うと、留帳《とめちょう》へと視線を落とした。


達吉は七ツ（午後四時）近くになって戻って来た。

「遅くなって申し訳ありやせんでした。そろそろ泊まり客や月見客が到着するかと思ったら気が気ではなく、急いで帰《けえ》って参りやした……」

達吉は息を切らし、畳《たたみ》に頭を擦《す》りつけるようにして謝った。

そこに、下足番見習の末吉から声がかかる。

「深川《ふかがわ》の甲州屋《こうしゅうや》さん一行がお見えになりやした！」

こうなると、達吉にどこに行っていたのか、忠助の用とはなんだったのかと質《ただ》す間もない。

おりきは達吉に、後で話して下さいね、と目で促すと玄関先へと急いだ。

そうして次々に客を迎え、ほっとひと息吐く間もなく客室の挨拶廻《まわ》り……。

やはり、達吉から話を聞くのは、夜食のときしかないようである。

おりきは浜千鳥《はまちどり》の間、磯千鳥《いそちどり》の間、松風の間と挨拶して廻り、浜木綿の間は一番最後に廻した。

と言うのも、浜木綿の間は沼田屋、高麗屋、真田屋の座敷だからである。

おりきはひと通りの挨拶を済ませると、改まったように三人の顔を見廻《みまわ》した。

「此度は真田屋さまに待望《たいぼう》の男子、跡継《あとつぎ》がお生まれになったとかで、まことに祝着至極《しゅうちゃくしごく》にございます。真田屋さま、沼田屋さまには大切な孫に当たられ、高麗屋さまにとっては姪《めい》ごの息子に当たられるのですもの、お三方にとって目出度《めでた》きこと……。立場茶屋おりきからも心よりお祝い申しとうございます」

おりきがそう言うと、沼田屋源左衛門《げんざえもん》が鬼の首でも取ったかのような顔をして、真田屋吉右衛門《きちえもん》の脇腹《わきばら》をちょいと小突《こづ》いた。

「おまえさん、あたしに礼を言ってもらわなくっちゃな！　うちの源次郎を養子にやったから真田屋に嫡男《ちゃくなん》が生まれたのだからよ。あァあ、こんなことなら源次郎をやるんじゃなかったよ……。肝心《かんじん》の沼田屋には嫡男どころか、女ごの子さえ生まれないのだからよ！」

すると、高麗屋九兵衛《きゅうべえ》もここぞとばかりに割って入る。

「それを言うなら、あたしにも礼を言ってもらいたい……。源次郎さんに嫁《とつ》ぎ、跡継を産《う》んだのは、あたしの妹の娘育世《いくよ》だからよ！　仮に、こずえさんが生きていたとしたら……」

九兵衛はそこまで言いかけて、あっと口を閉じた。

拙《まず》いことを口走ったとでも思ったのであろう。

おりきも挙措《きょそ》を失った。

まさか、この場で、九兵衛がこずえの名前を出そうとは……。

「済まない……」

九兵衛は申し訳なさそうに頭を下げた。

が、吉右衛門は何喰《く》わない顔をして、笑みを見せた。

「いや、いいんだよ……。こずえが亡くなったから婿の源次郎に高麗屋の姪を嫁に貰ったのだし、これは嘘偽《うそいつわ》りのない事実なんだからよ……。ああ、真田屋では得《とく》をしたと思っていますよ。育世は身体がいたって丈夫《じょうぶ》でしてな。この分なら、一人とはいわず、二人でも三人でも孫を産んでくれそうでな……。おっ、沼田屋、なんなら、そのうちの一人を源一郎《げんいちろう》さんの養子としてくれてやっても構わないのだぞ！」

源左衛門がムッとした顔をする。

「何を戯《たわ》けたことを！　まだ、うちの源一郎に子が出来ないと決まったわけじゃないのに……」

「だから、それは、今後も源一郎さんに子が出来なかったらの話だ」

「何言ってやがる！　育世さんにだって、今後、第二子、第三子が生まれると決まったわけじゃないんだからよ」

あらあら……、とおりきが困《こう》じ果てた顔をする。

と言っても、この三人は啀《いが》み合っているわけではなく、親しさ余って戯《じゃ》れ合っているのであるから、下手《へた》に割って入るより、そっとしておくほうがよい。

「ささっ、どちらにしても、お目出度い話なのですもの、今宵《やや》は望の月を愛でながら、ゆるりと板頭の料理を堪能《たんのう》して下さいませ……。それで、赤児のお名前はなんとおつけになりましたの？」

おりきがそう言うと、吉右衛門がちらと源左衛門を見る。

「それよ……。源次郎は舅《しゅうと》のあたしの名から一字取って、吉太郎《きちたろう》とつけると言ったのだが、あたしが異を唱《とな》えましてな。ここは沼田屋の祖父《じい》さまから源の字を取ったらよいではないかと……。源次郎の子なんだから、それが一番よいかと思いましてな。それで、源兵衛《げんべえ》とつけたのですよ」

「源兵衛……。では、高麗屋さまの九兵衛と沼田屋さまの源左衛門をくっつけて、源兵衛と……」

おりきの胸に、熱いものがつっと衝《つ》き上げてくる。

吉右衛門がそこまで考えていたとは……。

やはり、この三人は切っても切れない仲、刎頸《ふんけい》の交《まじ》わりをしていると見てよいだろう。

源左衛門と九兵衛が、照れ臭《くさ》そうに顔を見合わせる。

「そこまですることはなかったのによ……」

「ああ……。けど、それを聞いてあたしたちが嬉しくないはずはないだろう？　真田屋は本当に心根《こころね》の優《やさ》しい男でな」

「わたくしもそれを聞いて、胸が熱くなりましたわ。源兵衛さん、さぞや、お可愛《かわい》いのでしょうね」

おりきがそう言うと、源左衛門がひと膝《ひざ》乗り出す。

「まあ、聞いて驚くなかれ！　これが誰に似ていると思う？」

「…………」

おりきが目をまじくじさせる。

いきなり誰に似ていると思うと訊かれても、なんと答えてよいのか……。

「源次郎さんですか？　それとも、育世さんかしら？」

源左衛門が人差し指を立てて、横に振る。

「それが、なんと、目の辺りがこずえさんにそっくりなんだよ！　なっ、真田屋、おまえさんもそう思うだろう？」

吉右衛門も笑いながら頷く。

「沼田屋が言うとおりで、実は、あたしも家内も驚きましてな……。家内が言うには、こずえと育世はどこかしら感じが似ているので、それで、生まれたての赤児《やや》がこずえを彷彿《ほうふつ》させるのだろうが、子供の顔なんて成長するうちに変わっていくものだから、そのうち、源次郎か育世に似てくるだろうと……」

ああ……、とおりきも納得《なっとく》したように頷く。

育世は面差しそのものというより、どことなく雰囲気《ふんいき》にこずえを連想させるようなところがある。

仕種《しぐさ》や、話し方といったものが似ているのだが、そう言えば、面差しの中にも、こずえを想わせるようなところがないでもない。

それが、後添《のちぞ》いを貰うことを渋《しぶ》っていた源次郎の心を突き動かしたのであろうし、真田屋夫婦に育世の中にこずえを見出《みいだ》させたのであろう。

が、穿《うが》ったものの考え方をすると、こずえの魂《たましい》が源次郎と育世の赤児《やや》の中に宿ったとも……。

ただ一つ、間違いなく言えることは、皆の心の中に、こずえの思い出がまだしっかりと根を下ろしているということ……。

だから、生まれたての赤児《やや》を見て、つい、こずえを想起してしまうのであろう。

「まっ、誰に似ていてもいいのですがね。源次郎の奴、赤児《やや》が生まれるまではさして嬉しそうな顔をしていなかったくせして、現在《いま》じゃ、赤児《やや》にでれでれで、片時も傍を離れたがらない……。今宵も月見の宴《うたげ》に誘《さそ》ったところ、いや、自分は遠慮《えんりよ》させてもらいますと言いましてな」

源左衛門が苦虫《にがむし》を嚙《か》み潰《つぶ》したような顔をする。

そう言えば、源左衛門は育世のお腹《なか》に赤児《やや》が宿ったとおりきに知らせに来たとき、立場茶屋おりきに来る前に真田屋を訪ね、源次郎の様子を探《さぐ》ったところ、源次郎があまり嬉しそうな顔をしていなかったと言った。

「いや、さすがに舅や姑《しゅうとめ》の前では、無理して頰に笑みを貼《は》りつけていましたよ。が、親のあたしには隠せません……。あたしには源次郎の奴がどこかしら辛そうに見えましてね……。けれども、あたしは敢《あ》えて源次郎を質そうとしませんでした。現在《いま》、あいつは自分だけが幸せになることで、こずえさんに後ろめたさを感じているのだろうが、そんな煩悶《はんもん》も育世さんのお腹が大きくなるにつれ、次第に薄らいでいくものですからな……。現実に目を向ければ、否《いや》が応《おう》でも、前を向いて生きていくより仕方なくなりますからね」

源左衛門はそう言い、真田屋夫妻の様子もつけ加えた。

「二人とも実にさっぱりとしたもので、早く祖父さん祖母《ばあ》さんと呼ばれてみたいものよ、と嬉しさが隠しきれずにでれでれでしたからね……。あたしが見たところ、あの二人にとって、今や、育世さんは我が娘《こ》同様……。こずえさんのことが吹っ切れていないのは、源次郎だけとみてよいでしょう」

が、おりきは、そうだろうか……、と思った。

吉右衛門も内儀のたまきも、こずえのことが吹っ切れたのではなく、それはそれとして置いておき、新《あら》たに育世を我が娘《こ》として受け入れようと努《つと》めているのではなかろうか……と。

だが、源次郎の心も赤児《やや》が生まれて一変したようで、案じることはなかったのである。

おりきはくすりと肩を揺らした。

「沼田屋さま、案じることはなかったようですね」

「ああ、まったくだ……」

「あら、皆さま、東の空に月が……」

おりきが東の空を指差す。

「おっ、出て来た、出て来た！」

「案外に月が昇るのは速いですからな。皆、盃《さかずき》を手に縁側に出てみようではないか！」

九兵衛が声をかけ、三人が縁側へと出て行く。

おりきは椀物を運んで来た里実に目まじすると、そっと浜木綿の間を後にした。

結句、達吉から話を聞くのは、客室にお薄《うす》を点《た》てて廻った後のこととなった。

「近江屋さんの用事はなんだったのですか？」

おりきは夜食を食べ終えると、食後の焙《ほう》じ茶を淹れながら達吉をちらと窺った。

達吉が慌てて箱膳《はこぜん》に箸《はし》を置く。

「へえ、それが……。旦那から呼び出しがかかって一刻半《いっときはん》（三時間）も旅籠を留守にしちまって、さぞや、何事かと不審《ふしん》に思われたでしょうが、女将さんにお話しする暇もなく、申し訳ねえことをしちまいやした……。近江屋の旦那も女将さんを呼ぶかどうか迷われたようでやすが、おタキという女ごは先代が女将だった頃にうちで女中として使っていた女ごで、それで、あっしを呼んだほうがよいと判断されたんでしょうな……。そのおタキなんでやすが、三日前《めえ》に客として近江屋に夫婦《めおと》連れで泊まりに来たそうで……。が、着いた晩に亭主が熱を出しちまいやしてね……。少し寝ていれば治《なお》るだろうから、もう一日、もう一日と言っているうちに今日で三日となり、番頭が医者に診《み》せたほうがいいのじゃねえかと言ったところ、おタキが土下座《どげざ》して、申し訳ない、道中、懐中《かいちゅう》のものを掏《す》られてしまい、すかんぴん（無一文）なのだ、と謝ったそうでやしてね」

　おりきが眉根を寄せる。

「まあ、それは……。では、その女《ひと》は端《はな》からお金を持ち合わせないで、それで泊まろうとしたのですか？」

「さあ、そいつは……。案外《あんげえ》、晩飯だけ食って、隙《すき》を見て逃げようと思っていたのかもしれやせん。ところが、亭主が体調を崩《くず》すという計算外のことが起きちまった……。それで観念《かんねん》して、謝ったのかもしれやせんな。近江屋の番頭は番屋《ばんや》に突き出そうかと思ったそうで……。すると、女ごが自分は二十五年ほど前《めえ》に立場茶屋おりきの旅籠で女中をしていた女ごだ、嘘だと思ったら、近江屋の旦那さまに訊いてみて下さい、旦那さまは当時のことを知っておられると思うので……、とそう言ったらしくて……」

「では、近江屋さんがそうだと認められたということですね？」

「ええ、おタキは先代が立場茶屋とは別に旅籠をはじめたときからの女中で、おうめとは同期なもんで、当然、旦那とも顔見知りってわけで……」

「まあ……。では、近江屋さんは驚かれたでしょうに……」

「そりゃ、驚いたのなんのって！　それで、詳《くわ》しい事情を質すにしても、うちの者が立ち会《あ》ったほうがよいだろうと……。と言っても、女将さんはおタキのことを知らねえ……。それで、あっしにお呼びがかかったってわけでやしてね」

「それで、何か判ったのですか？」

　おりきがそう言うと、達吉は蕗味噌を嘗めたような顔をした。

「それが……。連れの男なんだが、どうやら亭主じゃねえようなんで……。あっしも妙だとは思ったんでやすよ。おタキが五十路《いそじ》近くだというのに、男はどう見ても一廻り（十二歳）は下だ……。おタキは先代が世話をして浅草今戸《あさくさいまど》の煎餅屋《せんべいや》に嫁いだんだが、あっしが聞いてた話じゃ、亭主になった男はおタキより四、五歳は歳上《としうえ》ってことでやしたからね。おタキは詳しいことは言いやせんでしたが、どうやら煎餅屋に離縁されたみてェで……。それで、現在《いま》の男とくっついたんだろうが、ありゃ、どう見ても理由《わけ》ありだな……。とにかく、おタキは男と横浜村《よこはまむら》まで行こうとしたらしい。ところが、札《ふだ》の辻《つじ》まで来たところで、懐中のものを掏られたことに気づいた……。が、先を急がなくちゃならねえし、ひだるく（空腹）なるしで、男があんまし疲れたように見えたもんだから、やっとの思いで近江屋まで辿《たど》り着いた……。さすがに、立場茶屋おりきに来るのは気が退《ひ》けたんだろうと思うぜ。おタキの奴、言ってやしたよ……。当初は泊まる気なんてなかった、食い逃げの罪を犯《おか》すと重々承知《じゅうじゅうしょうち》のうえ、空腹《からはら》さえ満たせば散歩にでも出る振りをして逃げるつもりだったと……。まっ、この季節でやすからね、野宿《のじゅく》しようと思えば出来る……。と、そう考えていたら、男が動けなくなっちまったってことでよ……。おタキにしてみれば、こうなったからには、もう腹を括《くく》るよりしょうがねえ……。と、まあ、こういう理由《わけ》でやして……」

「何ゆえ、掏摸《すり》にあったと判ったときに、自身番に駆け込まなかったのでしょう」

おりきが首を傾《かし》げる。

「駆け込もうにも、駆け込めねえ事情があったんでしょうな」

「事情とは……。まさか、駆け落ちってことではないでしょうね」

「いや、あっしが見るに、その、まさかじゃねえかと……。五十路近くになった女ごが一廻りも歳下《としした》と……、と思うかもしれねえが、色は思案《しあん》の外《ほか》、恋は仕勝《しがち》とも言うように、男と女ごの仲だけは解りやせんからね……。下手に番屋に駆け込んで、根から葉から糺《ただ》された日にゃ、いつ襤褸《ぼろ》が飛び出すか判ったもんじゃねえ……。近江屋の番頭が医者に診せろと勧《すす》めても、首を縦《たて》に振ろうとしなかったのも、強《あなが》ち、金がなかったからというだけじゃねえのでは……」

「それで、近江屋ではおタキさんと連れの男《ひと》をどうなさったのですか?」

「へっ、それなんでやすがね……。旦那が言うには、とにかく男の身体を治すことが先決、薬料《やくりょう》（治療費）は自分が立て替えておくので、素庵《そあん》さまの診療所に行くようにと言われ、おタキには宿賃や薬料を払うためにも、当分、近江屋で女中として働けと……。さすがは、近江屋の旦那だ！　常から大束《おおたば》な男《ひと》とは思っていたが、四の五の言う間もなく決断を下しやしたからね……。いえね、正《まさ》な話、あっしが宿賃を払ってやってもいいと思ってたんでやすよ……。おタキは以前うちにいた女ごだから、あっしが責めを負《お》うのは当然だと……。ところが、旦那は立場茶屋おりきが責めを負うことはねえ、おタキには働いて返《けえ》してもらえばいいのだからと言いなすって……」

おりきの胸がじんと熱くなる。

いかにも、結構人《けっこうじん》の忠助らしいではないか……。

「そうだったのですか……。では、明日にでも、わたくしも礼を言いに行かなくてはなりませんね」

「いや、女将さんが行くことはねえ……。第一《でえいち》、女将さんはおタキを知らねえんだからよ。その代わり、立場茶屋おりきを代表して、あっしが何度も頭を下げておきやしたんで……」

「けれども、男のほうは？　素庵さまに診せたのでしょうが、素庵さまはなんて？」

達吉がふと顔を曇《くも》らせる。

「それが、ただの風邪《かぜ》や疲れではねえそうで……。どうやら腎《じん》の臓が炎症《えんしょう》を起こしているようなんでやすよ」

「まあ……」

「けど、さほど重篤《じゅうとく》というのじゃねえようで……。素庵さまは暫く病室で預かると言って下さいやしてね。近江屋の旦那も安堵されたようです」

「けれども、腎の臓を患《わずら》うと厄介《やっかい》といいますからね」

おりきは幾富士《いくふじ》のことを思い出した。

幾富士は妊娠後期に子腫《しし》（妊娠中毒症）に冒《おか》され、赤児《やや》を死産したばかりか産後も腎疾患《じんしっかん》が見られ、結句、お座敷に復帰するのに十月《とつき》もかかってしまったのである。

しかも、その間、いかに幾千代が幾富士の食餌療法《しょくじりょうほう》に気を遣《つか》ったことか……。

おりきは幾千代の辛苦《しんく》を傍で見てきただけに、お夕キが安閑《あんかん》と構えているわけにはいかないだろうと思った。

「長引いた場合はどうなさるつもりなのかしら……」

「どうするって、それは近江屋のことで？　それとも、お夕キのことで……」

「両方ですよ」

「なに、案じるこたァありやせんよ。旦那は丁度人手《ひとで》不足で困ってたんで、お夕キが来てくれると助かると言ってやしたからね……。お夕キにしても昔取った杵柄《きねづか》ってなもんで、旅籠の女中はお手のものでしょうからね……。それに、病人のほうは素庵さまがついてるんだもの、大船に乗った気でいればいいんでやすよ！　多少、薬料がかかるかもしれねえが、その分、おタキが我勢《がせい》すればいいことでよ。まっ、そんな理由《わけ》で、あっしも診療所に付き添《そ》ったもんで、つい、帰《けえ》りが遅くなってしめえやした……」

「ご苦労でしたね」

「それで、女将さんに一つお願《ねげ》ェがあるんでやすが……」

達吉が改まったように、おりきに目を据える。

「なんでしょう」

「なんと言っても、おタキは元うちの女中をしていた女ごだ……。近江屋にすべてを負んぶに抱っこじゃ気が退ける。それで、日に一度、あっしが診療所に顔を出してェと思ってやすが、宜しいでしょうか？」

「勿論《もちろん》、よいに決まっています。ええ、ええ、是非、そうしてあげて下さいな。それで、その方はなんというお名前なのですか？」

「助治《すけじ》というそうで……」

「何をしている男《ひと》なのですか？」

「さあ……。そこまでは聞いていやせん。ええ、ようがすよ！　どうせ、一日一度はそいつに逢うんだ。四方山話《よもやまばなし》でもしながら聞き出してきやすよ」

「やはり、わたくしも挨拶かたがた近江屋を訪ねてみます。おまえから話を聞いて、わたくしが知らぬ存ぜぬでは済みませんからね」

おりきがそう言うと、達吉がにたりと嗤《わら》う。

「女将さんのことだ。やっぱ、そう言うと思ってやしたよ！」

そこに、障子の外から声がかかった。

「女将さん、沼田屋さんたちがお帰《けえ》りです！」

おりきは手を叩いて潤三を呼ぶと、

「四《よ》ツ手《で》（駕籠《かご》）の手配は済んでいるのでしょうね？」

と訊ねた。

「へい。三台、待機《たいき》させてやす」

おりきと達吉は玄関先まで出て行くと、階段を下りてくる源左衛門、吉右衛門、九兵衛の三人に頭を下げた。

「ご満足していただけたでしょうか」

「ああ、大満足だよ」

「料理は美味《うま》いし、雲ひとつない見事な月が拝めましたよ」

「それに、あたしたちの給仕についた娘の行き届いたこと！　なんと、先代の孫娘というではないか……。てことは、あの娘《こ》が三代目を継ぐということかい？」

源左衛門が仕こなし顔に言い、おりきの耳許《みみもと》に口を近づけてくる。

「女将、良かったじゃないか！　おまえさん、おきちにはいつもはらはらさせられていたが、あの娘《こ》なら大丈夫だ」

源左衛門はそう言うと、おりきに目まじしてみせた。

「そう言っていただき安堵しましたわ」

「じゃ、あの娘《こ》が若女将となるのは、近い将来ってこと……。で、いつ、お披露目《ひろめ》するつもりかえ？」

「まあ、お気の早い！　まだまだ先のことですよ」

「そうかい。やっ、世話になりましたな！」

「また来ますよ」

「そうよ。後の月にも来ないと片月見《かたつきみ》になってしまうからよ……」

三人は口々にそう言うと、吾平と末吉が用意した雪駄《せった》を履《は》く。

「またのお越しをお待ちしています」

おりきは深々と頭を下げた。


翌日、おりきは白花杜鵑草を手に、近江屋を訪ねた。

玄関で訪《おとな》いを入れると、顔見知りの番頭が揉《も》み手をしながら奥から出て来た。

「これはこれは……。ええ、ええ、お越しになると思ってやしたよ。さっ、奥にどうぞ！　旦那は仏間のほうにおられやすんで……」

おりきは番頭の後に続き、母屋《おもや》の仏間へと入って行った。

一人囲碁《いご》を指《さ》していた忠助が、碁盤《ごばん》から目を上げ破顔《はがん》する。

「やはり、お見えになりましたな」

「たった今、番頭さんからも同じことを言われましたが……」

「そりゃ言いますよ。達吉さんには女将さんがわざわざ来ることはないと伝えておいたのですが、おまえさんが放っておけるわけがないと思いましてね」

「それはそうですよ……。わたくしの知らない女《ひと》といっても、元は立場茶屋おりきの女中だった女《ひと》ですからね。近江屋さんに大層な迷惑をかけたというのに、謝罪のひとつもしないではいられませんもの……。この度《たび》は、大変な迷惑をかけてしまい申し訳ありませんでした。手土産《てみやげ》に何かと思ったのですが、こんなものしか思いつきませんでした……。部屋の隅《すみ》にでも飾って下さいませ」

おりきが白花杜鵑草の束《たば》を手渡す。

「ほう、杜鵑草ですな。なんと、白い杜鵑草とは珍しいではありませんか！」

「多摩の花売りが持って参りましてね。白は珍しいかと思い、少しばかりお持ちしましたの」

「では、早速《さっそく》、活けさせてもらいましょう」

忠助がポンポンと手を叩く。

「何か……。あら、立場茶屋おりきの女将さんではないですか！　まっ、ちっとも気づきませんで……。いつ、お見えになったのですか？」

忠助の長女お登紀《とき》が驚いたように、目をまじくじさせる。

「今、来たばかりなのですよ。お登紀さん、久し振りですこと！　息災そうで何よりですわ」

「なんだか中年太りしちゃって……」

「あら、ちっとも、そうは見えませんことよ。白花杜鵑草を少しばかりお持ちしましたので、活けて下さると嬉しいですわ」

「まあ、白い花があるんですね！　有難《ありがと》うございます。では、早速……」

とお登紀が花を受け取ると、忠助が、おタキはいるかえ？　と訊ねる。

「ええ、今、客室の掃除をしていますが……」

「では、おタキに茶を運ぶように言いなさい」

「はい」

お登紀が去って行く。

「お登紀さん、お幾つになられました？」

「三十六ですよ」

「まあ、もうそんなに……。では、妹のお登世《とせ》さんは三十五歳……。と言うことは、
昌枝《まさえ》ちゃんは九歳に？」

「ああ、一昨年が帯解《おびとき》でした」

「まあ、何もお祝いをしませんで……」

「いや、気を遣ってもらっては困ります」

誰しも孫は可愛いとみえ、忠助はでれりと眉を垂れた。

そこに、おタキが茶を運んで来る。

達吉から五十路近くと聞いていたが、おうめに比べると随分《ずいぶん》若く見えるではないか……。

「いらっしゃいませ」

おタキは畳の上に盆を置くと、三つ指をついた。

「おタキ、こちらが立場茶屋おりきの二代目女将だ」

あっと、おタキが顔を上げる。

「タキにございます。お初にお目にかかります。先代にはよくしてもらい、有難く思っていますのに、此度は旅籠に泥《どろ》を塗《ぬ》るようなことをしてしまいました……。申し訳ございません」

おタキはそう言うと、再び平伏《へいふく》した。

「おタキさん、頭を上げて下さいな。おまえさんは立場茶屋おりきにというより、近江屋に大層な迷惑をかけてしまったのですよ」

「はい、解っています。ですから、謝罪の意を込めて、日がな一日、懸命《けんめい》に働かせてもらいます。お茶をどうぞ召し上がって下さいませ……」

おタキが身を竦めるようにして、座卓の上に茶托《ちゃたく》を置く。

さすがは旅籠の女中を長年務めただけあって、手慣《てな》れたものである。

「大凡のことはわたくしどもの大番頭から聞きました。わたくしね、危惧《きぐ》していることが一つありましてね……。おまえさんが近江屋で働くのはよいとしても、助治さんですか？　腎の臓を患い、現在《いま》、内藤《ないとう》素庵さまの病室に入っておられるとか……。わたくしね、他にも腎の臓を患った方を知っていますが、これが大層厄介な病《やまい》でしてね。長患いを覚悟しておいたほうがよいかもしれません。その辺りの覚悟はおありですか？」

おりきがおタキを瞠める。

「はい。素庵さまもそう言われました……。それで、取り敢えずは炎症が治るまで診療所で預かってもらい、少し動けるようになれば、近江屋で比較的楽な仕事をしてはどうかと旦那さまがおっしゃって下さっていますの」

おりきが信じられないといった顔をして、忠助を見る。

旅籠に楽な仕事などないといってもよいだろう。

それなのに、助治までを抱《かか》えようとは……。

「近江屋さん、そんなことをして大丈夫なのですか？」

「いや、おまえさんの気持は解る……。だが、おタキの身の有りつきを知ってしまうと、せめて、助治の体力が恢復《かいふく》するまでは、うちで面倒を見てやりたくてよ……。おタキは立場茶屋おりきにいた頃は、非の打ち所のない女中だったのだ。ところが、嫁に行ってからが悲惨《ひさん》でよ。堅物《かたぶつ》で通っていた煎餅屋の亭主が、所帯を持って五年目頃から手慰《てなぐさ》みに嵌《はま》っちまったものだから大変だ……。遂《つい》には高利《こうり》の金に手をつけて今戸の見世《みせ》は取り上げられ、それでも足りなくておタキは借金の形《かた》に谷中《やなか》のいろは茶屋に売られることに……。亭主とはそこで縁が切れたんだが、岡場所《おかばしょ》の年季は十年。やっとの思いで抜け出したときには、おタキは四十路《よそじ》に手が届こうという歳に……。その歳で、しかも女郎《じょろう》上がりの女ごを使ってくれる白旅籠《しらはたご》なんてないよな？　それで、深川今川町《いまがわちょう》の居酒屋で下働きをしていたそうだ。助治と出逢《であ》ったのは、その頃のことでよ……。ここから先は、おタキ、おまえが話しなさい」

忠助に促され、おタキがぽつぽつと話し始める。

「助《すけ》さんはあたしが勤《つと》めていた居酒屋の隣の小料理屋で包丁《ほうちょう》を握っていました……。と言っても、親方と助さん、追廻の三人しかいない小体《こてい》な見世なので、助さんも追廻の仕事から焼方、煮方となんでも熟《こな》していたんですが、水口《みずぐち》があたしの見世とくっついてたんで、手の空いたときに井戸端でよく話をしてたんですよ……。いつしか、助さんとはつうと言えばかあの仲となっちまって……。なんでもあの男《ひと》、幼い頃におっかさんを亡くしたらしくて、それで歳上のあたしをお袋《ふくろ》のように思ったんでしょうよ。

あたしにしても、子供に恵《めぐ》まれなかったものだから、助さんのことが弟というより息子のように思えましてね……。助さんね、横浜村の在《ざい》で、江戸で修業して、いつかは横浜に戻って小体な見世をと思い、こつこつお金を貯《た》めてたんですよ。その話を聞いて、あたしも加勢《かせい》してやりたくなりましてね……。それで、爪《つめ》に火を点《とも》すようにして細金《こまがね》を貯めましてね。やっと、横浜でなら小さな見世が出せそうだというものだから、あたしもこれだけ貯めたから使っておくれと渡そうとしたんですよ。そしたら、助さんが初めて想いを打ち明けてくれましてね……。俺はこれまでおタキさんのことをおっ袋と思っていたわけじゃない、女ごとして見てたんだ、横浜に一緒に行ってくれないか、女房として一緒に見世をやってくれ、と頭を下げるんですよ。こんな婆《ばあ》さんを相手にしなくても、助さんに見合った女《ひと》は他に幾らでもいますから、あたしは断りました。けど、あの男《ひと》、どうしてもあたしでなければ駄目だと……」

「そんなことを言われてごらん？　女ご冥利《みょうり》に尽きるってもんだ！　恋に歳は関係ないからよ」

忠助が割って入る。

「正な話、あたしは嬉しかった！　これまで亭主には一度として優しい言葉をかけてもらったことがないし、流れの里（遊里）に身を落としてからは尚のこと、男はあたしの身体を通り過ぎていくだけで、ものとしてしか見てくれませんでした……。それなのに、助さんはあたしを一人の女ご、人として見てくれ、身体の穢《けが》れなど気にしなくてよい、おタキさんの心はちっとも穢れていないのだから、とも言ってくれたんですよ……。ああ、この男《ひと》を手放したら、もう二度とあたしのことを解ってくれる男《ひと》には出逢えないと思うと、年甲斐《としがい》もなく、女ごとしての情念が湧《わ》いてきて……。お恥ずかしい話です」

おタキが唇を嚙み締める。

「何が恥ずかしかろうよ！　あたしにはおタキの気持がよく解る。ひと歳取ってからの恋は、人を狂わせてしまいますからね……」

忠助がしみじみとした口調《くちょう》で言う。

恐らく、忠助はお桂《けい》のことを言っているのであろう。

二十六年ほど前のことである。

末の娘お登世を産んで以来、病の床にいる女房に悪いと思いながらも、忠助は女中のお桂にのめり込んでしまったのである。

が、勘《かん》の鋭いお登世はそのことに気づき、九歳ながらも忠助を責め立てた。

忠助は強《したた》かに頰を打《ぶ》たれたように思い、泣く泣くお桂を実家《さと》に帰らせたが、お桂のお腹には忠助の赤児《やや》が……。

結句、お桂が忠助の娘を産んだことを知ったのは、お桂が娘お佐保《さお》を遺《のこ》して死んだ後のことで、お桂の父親《てておや》から文を貰い初めて事実を知った忠助は、その後もお佐保に逢うこととなく、毎年、半期に一度金子《きんす》を送り続けてきたのだった。

が、去年の春のことである。

お佐保から嫁ぐことになったので、その前に是非許婚《いいなずけ》に逢ってほしいと文を貰い、忠助はおりきに頭を下げた。

お佐保に逢うために、部屋を貸してくれというのである。

どんな事情があろうとも、父娘《おやこ》は父娘……。

おりきは快《こころよ》く、忠助とお佐保の父娘対面にひと肌脱《ぬ》ぐことにしたのである。

二十六年ほど前の、狂おしいまでの恋……。

忠助はそのときのことを思い出しているのであろう。

「それで、二人は所帯を持たれたのですね？」

おりきが訊ねると、おタキは寂しそうに首を振った。

「正式に人別帳《にんべつちょう》に夫婦《めおと》と記載《きさい》されているわけではありません。けど、実質は夫婦みたいなもので……。とにかく、横浜に戻って見世を出すのが先だと思い、やっと親方から許しが貰えたのを契機《けいき》に、深川を離れました。ところが、高輪《たかなわ》の大木戸《おおきど》に着いたとき、懐中のものを盗まれたことに気づきましてね。札の辻で助さんのすぐ横を擦り抜けるようにして通った男がいるんですよ……。考えられるのは、あのときしかありません。すぐさま、近くの自身番に駆け込もうと思いました。けれども、あたしの道中《どうちゅう》手形《てがた》は実は偽物《にせもの》で……。あたしはいろは茶屋を出てから無宿《むしゅく》なままで、助さんの知り合いに頼んで偽造《ぎぞう》してもらっていたのです。自身番であれこれと糾されると、暴露《ばれ》てしまいます……。それで、とにかく歩けるだけ歩こうということになったのですが、次第に助さんの体調が悪くなってきて……。とにかく、空腹《からはら》だけでも埋《う》めれば少しは楽になるかもしれないと門前町《もんぜんちょう》までやって来て、近江屋の暖簾《のれん》が目に入ると、恰《あたか》も引き込まれるかのように中に入ってしまいました。申し訳ありませんでした。あたしはただ助さんの身体が心配で……。あのときは、あたしたちが無一文ということが頭の中にありませんでした。一時《いっとき》も早く、身体を横にさせてやりたい、何か食べさせてやりたいと、そのことばかりで……」

　おタキが項垂《うなだ》れる。

「だったら、早く打ち明けてくれればよかったんだ……。そうしたら、もっと早く素庵さまに診てもらうことが出来たのによ」

忠助に言われ、ますますおタキが潮垂《しおた》れる。

「素庵さまにも言われましたよ。この男がここまでになるには、もっと前から某《なにがし》かの兆《ちょう》候《こう》が見られたはずだと……。そう言われて初めて、この頃うち、助さんがしんどそうにしていたことに気づきましてね。あたしって駄目な女ごです……。あたしがもっと気を配っていたら、こんなことにはならなかったのに……。助さんね、少しでも稼《かせ》ごうと、小料理屋の仕事を終えてからも、別の見世に助《すけ》っ人《と》として入っていたんですよ……。無理が祟《たた》ったのだと思います。そんなに無理をしてまで貯めた金を掏られ、挙《あげ》句《く》、病に倒れるなんて……。ああ、あたしは疫病神《やくびょうがみ》なのかもしれない……」

おタキの目に涙が溢《あふ》れる。

「莫迦《ばか》なことを！　誰が疫病神なもんか……。おタキ、おまえは再び品川宿門前町に戻ってくる宿命《さだめ》にあったんだよ。そう思うことです」

「わたくしもそう思いますよ。とにかく、現在《いま》は助治さんの恢復を祈るのみです……。それで、一つ訊きたいのですが、おタキさんから見て、助治さんの料理人としての腕はどうですか？　おまえさんは長いこと立場茶屋おりきの女中を務めてきたので、大凡のことは解るでしょう？」

おりきがおタキに目を据える。

「かなりの腕だと思いますよ。今川町の小料理屋は小体《こてい》な見世でしたが、料理は美味いと評判でしたし、親方というのが、以前、平清《ひらせい》にいたとか……。その男《ひと》に鍛えられたのですもの、きっと、助さんもよい腕をしているのじゃないかと思います」

「おタキさんは食べたことがないのね？」

おタキが大仰《おおぎょう》に首を振る。

「ありませんよ！　いくら小体な見世といっても、居酒屋の下働きが入れるような見世ではありませんもの……」

「そうですか……。では、近江屋さん、こうしませんこと？　助治さんが診療所を出たら、楽な仕事をさせながら常並《つねなみ》に動けるようになるまで近江屋で預かるとおっしゃいましたが、仮に、近江屋が無理のようでしたら、助治さんはわたくしどもで預かることに致しましょう。うちには味覚障害の板脇もおりますし、旅籠だけでなく、茶屋、彦蕎麦《ひこそば》もありますからね……。そのどこかに助治さんに出来る仕事があるかもしれません。無論、近江屋さんが二人ともここで預かるとおっしゃるなら、それでも構いませんが、おタキさんは嘗《かつ》ては先代が手塩《てしお》にかけた女《ひと》……。二代目を継いだわたくしが頰っ被《かぶ》りして、何もかもを近江屋さんに押しつけるのはどうかと思いましてね」

おりきがそう言うと、忠助が眉を開きおりきを見る。

「ああ、場合によってはそうさせてもらうよ。が、まずは助治の身体を治すことだ……」

忠助とおりきは瞠め合い、ふっと頬を弛めた。

おりきは椀の蓋《ふた》を開けると、まあ、これは……、と目をまじくじさせた。

「煮物椀《にものわん》でやすが、玉子豆腐《たまごどうふ》と鱧焼霜《はもやきしも》、松茸の清まし仕立てで、秋らしく装ってみやした。夜食にどうかと思いやして……」

巳之吉がおりきに目まじしてみせる。

「おっ、こいつァ美味そうじゃねえか！　巳之《みの》さんが夜食を運んで来るとは珍しいことがあるもんだと思ったら、こいつを女将さんに食わせたかったんだな」

達吉がちょっくら返す。

「明日の夕餉膳に加えて見ようかと思いやして。ちょいと試食してみて下せえ」

「試食！　いいねえ……。いくらでも食ってやるから、どんどん持って来な！」

「まっ、大番頭さんは……」

おりきが呆《あき》れ果てたといった顔で、達吉を見る。

「鱧に焼霜をつけてあるとは、さぞや芳《こう》ばしいことでしょうね。では、頂《いただ》きましょう」

おりきは箸で鱧を食べやすい大きさに切ると、上に梅肉《ばいにく》をちょいと載せ口に運んだ。

続いて、汁《つゆ》を口に含む。

「松茸と柚子《ゆず》の香りが立ち、なんてよい風味合なのでしょう……」

「ああ、玉子豆腐がまた実によく合ってるぜ！」

「巳之吉、掛け値なしに美味しいですことよ！　では、これを明日の夕餉膳に加えるのですね？　さぞや、お客さまも悦ばれることでしょう」

「焼き握りも一緒に上がって下せえ」

「これも、おまえが？」

「いや、それは榛名《はるな》さんが作りやした。今宵の賄《まかな》いは焼き握りとけんちん汁だったもんで……」

「巳之吉はもう食べたのですか？」

「ええ、済ませやした」

「そうですか……。ところで、板場は連次が辞めたままになっていますが、手は足りていますか？」

おりきが椀を膳に戻し、巳之吉に訊ねる。

「足りているような、いねえような……」

巳之吉が曖昧《あいまい》に言葉を濁《にご》す。

「では、もう一人入れる余地《よち》はあるということですね？　実はね……」

おりきは以前旅籠で女中をしていたおタキの連れ合いが腎の臓を患い、現在《いま》、内藤素庵の診療所にいることを話して聞かせた。

「助治さんというのですけどね……。なんでも、深川で勤めていた小料理屋の親方は平清で修業したそうですの。その方の下にいたのだから、焼方くらいは充分務められるのではないかと思うのですが、問題は素庵さまのところを出てからも、暫くは無理が出来ないということ……。そんな男《ひと》が板場に入るのは足手纏《あしでまと》いですか？」

「…………」

巳之吉が困じ果てた顔をする。

「巳之さん、俺からも頼むぜ！　そりゃ、巳之さんの気持は解る……。市造が味覚障害というのに、このうえ、腎の臓を患った者を板場に入れたくねえよな？　けどよ、せっかく小体な見世が出せるだけの金を貯めて国許《くにもと》に帰《けえ》ろうとしたら、胡麻《ごま》の蠅《はえ》に遭《あ》っちまったんだ……。可哀相《かえいそう》に、助治とおタキの夢は無惨《むざん》にも砕《くだ》け、そのうえ病の身になっちまったんだからよ……。近江屋がひと肌脱ごうというのに、うちが知らんぷりってわけにはいかねえだろう?」

昼間、助治の病室を訪ね、直接本人から話を聞いて来た達吉は、真剣《しんけん》な眼差《まなざ》しで巳之吉を睨《ね》めつけた。

巳之吉が苦笑する。

「大番頭さん、思い違《ちげ》ェをしねえで下せえ。あっしは何も駄目と言ってるわけじゃねえ……。ただ、完治《かんち》してねえ者を、どの程度使ってよいのかと思っただけでやすから……」

「そのことは素庵さまに相談してみましょう。いずれにしても、素庵さまの許しが出るまで病室にいなければならないのですからね……。ただね、わたくしは助治さんが病室を出てからの引受先があると知れば、一日も早く恢復しようと励みになるのではないかと思いましてね」

「解りやした。そういうことなら、悦んで力を貸しやしょう」

巳之吉はきっぱりと言いきった。

おりきと達吉が安堵したように顔を見合わせる。

「お茶を淹れましょうね。巳之吉も一緒に飲んでいくといいですよ」

おりきが茶の仕度をする。

巳之吉は連子窓の下に目をやると、ほおォ……、と呟《つぶや》いた。

連子窓の下の鶴首には、里実が挿《さ》した秋茱萸《あきぐみ》の紅《あか》い実が……。

「仲《なか》の秋、木染月《こそめづき》（八月）とは、よく言ったもんでやすね……」

「朝夕、すっかり涼しくなりましたものね。さっ、お茶をどうぞ！」

おりきは巳之吉にふわりとした笑みを送った。

秋の行方《ゆくえ》

潤三《じゅんぞう》が文《ふみ》の束《たば》を手に、慌《あわ》てふためいたように帳場に飛び込んでくる。

障子《しょうじ》の外から声もかけずに入って来るとは、いつもは礼儀《れいぎ》正しい潤三にしては珍《めずら》しいこと……。

「女将《おかみ》さん、届きやしたぜ！　ほれ、ほれ、ほれ……」

おりきは険《けわ》しい目をして、潤三を睨《ね》めつけた。

「何事ですか！　行儀《ぎょうぎ》の悪い……」

潤三が、へっ、と潮垂《しおた》れる。

「あい済みやせん……。たった今届いた文の中に、吉野屋《よしのや》からのものを見つけたもんだから、つい……」

「なに、吉野屋からだって！　いいから、潤三、早く寄越《よこ》しな！」

達吉《たつきち》が顔色を変えて潤三の手から文の束を受け取ると、差出人の名を確かめ、おりきに文を手渡す。

「女将さん、早く読んで下せえよ。なんて書いてありやすんで？」

おりきは苦笑《くしょう》しながらも文を受け取ると、封書を開いた。

達吉や潤三が興奮《こうふん》するのも無理はない。

三吉《さんきち》と琴音《ことね》の祝言《しゅうげん》に列席するためにおきちと潤三が京《きょう》に行ったのが四月二十日のことで、その後、もう暫《しばら》くおきちだけを吉野屋で預かると幸三《こうぞう》が文を寄越したのが牛頭《ごず》天王祭《てんのうさい》の最中《さなか》のことで、その後は梨の礫《つぶて》……。

現在《いま》はもう九月も半《なか》ばなのである。

その間、おりきは二度もおきちの帰りがいつになるのだろうかと文を出したのだが、吉野屋はうんともすんとも言ってこなかった。

おりきが文に目を通す。

「で、なんて言ってきたんで？」

達吉が文を覗《のぞ》き込む。

「九月十五日には江戸に着いていたいので、前日の十四日、立場《たてば》茶屋《ぢゃや》おりきに泊《と》めてほしいそうです。その際、おきちを一緒《いっしょ》に連れて帰るので安心するように、とただそれだけしか書いてありません」

「たったそれだけで？」

達吉が唖然《あぜん》とした顔をする。

おりきも眉根《まゆね》を寄せた。

「詳《くわ》しいことは直接逢《あ》って話せばよいと思っておいでなのでしょうが、如何《いか》にいってもこれでは……」

先代の幸右衛門《こうえもん》ならば、決してこんな味も素《そ》っ気《け》もない文は書かないだろう。

季節の挨拶《あいさつ》から始まり、近況《きんきょう》や相手への労《いたわ》りを配慮したうえで本題に入るはずだが、それがどうだろう、幸三は用件のみ……。

「きっと、用件さえ伝われればよいとお思いなんでしょう。そう言えば、旦那《だんな》が言ってやした。文を書くのが苦手《にがて》だと……」

潤三が幸三を庇《かば》うように言う。

「けど、いくら苦手といっても、現在《いま》は吉野屋の主人《あるじ》なんだぜ？　手代だって、もう少しましな文が書けるというのによ！」

達吉が苦々《にがにが》しそうに吐《は》き出す。

「まあよいではないですか。十四日にお見えになることと、その際、おきちをお連れ下さることが判《わか》ったのですもの……。十四日といえば、後《のち》の月の翌日……。部屋が空《あ》いていてよかったですこと！」

おりきがそう言うと、潤三が慌てて手を振る。

「それが、駄目《だめ》でやして……。ほら、田澤屋《たざわや》や七海堂《ななみどう》から頼まれてやしたでしょう？　月見客の予約に取り消しが出たら、三婆《さんばば》の宴《うたげ》をそこに入れてくれ、駄目なら、翌日でも構わないんで、月見飾りをそのままにしておいてくれって……。けど、現在《いま》のところ、予約の取り消しは入《へえ》ってねえ……。てこたァ、三婆の宴が十四日の晩に入《へえ》るってことでやすからね」

そう言えば、久々に三婆の宴が開かれた五月五日、次は後の月に、それが無理なら翌十四日に開きたいので、月見飾りはそのままにしておいてくれ、と七海堂の久野《ひさの》から頼まれていたのである。

「そうでしたね。すっかり失念《しつねん》していましたわ……。月見の宴ですもの、まさか、日中に変更してくれ、というわけにはいきませんものね」

おりきが困《こう》じ果てた顔をすると、達吉がポンと膝《ひざ》を叩《たた》く。

「いけねえや！　あっしのほうこそ、昨日、田澤屋の小僧が遣《つか》いに来たってことをすっかり忘れてたぜ……。それが、小僧が言うには、お庸《よう》さんが腰を痛めたんで、今年の後の月は遠慮《えんりよ》させてもらいてェと……」

「えっ、じゃ、お庸さんが駄目ってことは、田澤屋の内儀《おかみ》さんも駄目ってこと？」

潤三が目を瞬《しばたた》く。

「そりゃそうだろうが！　三人揃《そろ》わなきゃ、三婆の宴にならねえからよ……。ああ、おめえが三婆の宴のことを口にしてくれてよかったぜ！　それでねえと、俺《おり》ャ、ころっと忘れてたからよ……」

「けれども、お庸さま、お気の毒ですこと……。腰を痛めたって、まさか、ぎっくり腰ってことはないでしょうね？」

「いや、そのまさからしい……。起き上がることも出来ずに、寝たきりだというからよ」

　まあ……、とおりきが顔を曇《くも》らせる。

　とめ婆《ばあ》さんのことを思い出したのである。

　三年ほど前のことである。

　六十路《むそじ》を過ぎてもこれまで病《やまい》らしい病をすることのなかった洗濯女のとめ婆さんが、腰を痛めて身動きすることが出来なくなり、急遽《きゆうきよ》、内藤素庵《ないとうそあん》の許《もと》に運ばれることに……。

　素庵は息をするだけでびんびん腰に響《ひび》く症状を見て、急性腰痛捻挫《きゆうせいようつうねんざ》、つまり、ぎっくり腰と診立《みた》てた。

　思うに、六十路を過ぎた身体《からだ》で、旅籠《はたご》の洗濯物を一手《いって》に引き受けていたのが祟《たた》ったのであろう。

あのとき、とめ婆さんは貞乃《さだの》の手製の湿布《しっぷ》を貼《は》ったり素庵から鍼治療《はりちりょう》を受けたりしたが、ぶり返す痛みに、完治《かんち》するには一廻《ひとまわ》り（一週間）ほどかかったように思う。

その後、腰痛は恢復《かいふく》したものの、やはり歳《とし》には敵《かな》わず次第に弱っていき、眠ったまま息を引き取ったのが、一年半前のこと……。

お庸にしても、もう若くはない。

腰痛だけで治《なお》ってくれればよいが……。

おりきの脳裡《のうり》に、ちらとそんな懸念《けねん》が過《よ》ぎった。

「では、お見舞いに行かなくてはなりませんわね」

「あっ、さいですね。女将さんの顔を見ると、お庸さんも少しは気が晴れるかもしれねえ……」

達吉がそう言うと、潤三が続ける。

「あっしも暇《ひま》を見て、顔を出させてもらいやしょう。堺屋《さかいや》にいた頃《ころ》は、内儀《おかみ》さんに可《か》愛《わい》がってもれェやしたんで……」

「けど、三婆の宴が中止ってこたァ、部屋の心配《しんぺえ》をしなくてよくなったってことか……。じゃ、十四日は、これで五部屋全室が埋《う》まったってことでやすね。いけねえ！

巳之《みの》さんに十四日の月見膳《つきみぜん》が中止になり、浜木綿《はまゆう》の間に吉野屋が入《へえ》ることになったことを伝えておかなきゃ……」

達吉が立ち上がろうとすると、あっ、そいつはあっしが……、と潤三が立ち上がる。

「じゃ、頼んだぜ！」

潤三が帳場を出て行くと、達吉が改まったようにおりきを見る。

「女将さん、里実《さとみ》のことをおきちに知らせてあるんで？」

「ええ、幸三さんに宛《あ》てた封書の中に、おきちへの文を入れ、先代の孫娘を旅籠で引き取ることになったことを伝えておきました……。何も知らずに戻《もど》って来て驚《おどろ》くよりも、事情を知っておいたほうがよいかと思いましてね」

「里実を三代目にするってことも？」

「いえ、それは書きませんでした。実際に里実に逢えば解《わか》ることですし、おきちも賢《さと》い娘《こ》ですもの、先代に孫娘がいたと知れば、薄々《うすうす》気づくのではないかと……」

「おきちの奴《やつ》、先代に孫娘がいたと知って、どんな気持なんだろう……。自分の居場所がなくなったようで、心穏《こころおだ》やかでなかったんじゃなかろうか……」

達吉がちらとおりきを窺《うかが》う。

「わたくしもそのことを案じていましたのよ。いくら三代目になることに乗り気でなかったといっても、動揺《どうよう》はするでしょうからね。その意味でも、前もって知っていたほうがよいと思ったのですよ」

「おきちが京に行って、ほぼ五月《いつつき》か……。あいつ、少しは京娘《きょうむすめ》らしくなって戻って来るのかな？　へへっ、愉《たの》しみでやすね……。そりゃそうと、彦蕎麦《ひこそば》の板頭《いたがしら》が見世《みせ》を辞めるってことを知ってやした？」

「修司《しゅうじ》が？　いえ、知りませんでした……」

「あっしも昨日おきわから聞いたばかりで……。それで、おきわが女将さんになんか相談してェことがあるそうで……」

「相談したいことってなんでしょう」

「さあ……。なんでも、今日、昼の書き入れ時を終《お》えたら、ここに来るそうで……」

「解りました。では、午後からお庸さまの見舞いにと思っていましたが、田澤屋にはこれから行くことにしましょう。わたくし、板場を覗いて来ますね。見舞いには、やはり、水物《みずもの》のほうがよいでしょうから……」

おりきは板場へと立った。

板場に入ると、潤三と話し込んでいた巳之吉《みのきち》が、おりきを認め声をかけてきた。

「今、潤《じゅん》さんから聞きやしたが、十四日に吉野屋が見えるそうでやすね」

「ええ、では、三婆の宴が中止になることも聞きましたね？　それで、これからお庸さまの見舞いにと思っているのですが、水物でもお持ちしようかと思いましてね……。何かありませんか？」

「あっ、それなら、今朝、やっちゃ場で仕入れたばかりの柿《かき》がありやす……。まだ走りの御所柿《ごしょがき》でやすが、甘みが乗っていると思いやすんで……。それとも梨にしやすか？」

巳之吉が笊籠《ざるかご》の中から、御所柿を出してみせる。

皮が紅《あか》く熟《う》れていて、瑞々《みずみず》しそうである。

「梨は上総《かずさ》の類産《るいさん》で、実《み》は硬《かて》ェが甘《あめ》ェことは甘《あめ》ェと思いやすぜ」

おりきは小首を傾《かし》げ、

「では、柿と梨の両方を持って行きましょう」

と答えた。

「まあ、立場茶屋おりきの女将さん！　此度《こたび》は突然三婆の宴を取りやめにして、申し訳ないことをしてしまいました」

田澤屋の内儀《ないぎ》弥生《やよい》はおりきの顔を見て、恐縮したように式台《しきだい》に手をつき謝辞《しゃじ》を述べた。

「いいえ、頭をお上げ下さいませ。お謝りになることはないのですよ。わたくしどもではお庸さまの加減《かげん》が悪いと聞き、驚いてしまいましてね。それで、如何《いかが》なのですか？」

「いえね、昨日の朝、寝床から起き上がろうとした途端《とたん》、ぎくりと腰にきたそうなんですよ。慌てて湿布を貼り、素庵さまの診療所から代脈《だいみゃく》（助手）に往診を願い、鍼治療を受けたり芍薬甘草湯《しゃくやくかんぞうとう》を調剤してもらったりしたのですが、完全に痛みが退《ひ》くまで安静にしているようにと言われましてね」

「そうですか。では、内臓から来たものではないと……」

「ええ、午後になって素庵さまが来て下さったのですが、内臓から来た痛みではなさそうだと言われ、安堵《あんど》いたしましたのよ」

「では、召し上がるものに制限はないのですね？　少しばかり水物をお持ちしましたので、食後にでも差し上げて下さいませ」

「それはそれは……。お庸さんが悦《よろこ》びますわ。さあ、どうぞ、お上がりになって下さいませ」

「では、少しだけお顔を拝見させていただきましょう」

おりきは弥生の後に続き、母屋《おもや》の二階へと上がって行った。

二階は田澤屋が堺屋から見世や家屋《かおく》を買い取った際、造築されたものである。

嘗《かつ》ては、おふなとお庸が使用していたが、三年前におふなが亡《な》くなってからはお庸が一人で使っていた。

「お庸さん、立場茶屋おりきの女将さんが見舞いに来て下さいましたよ」

弥生が廊下から声をかけ、襖《ふすま》を開ける。

「まあ、女将さん……」

お庸が頭を上げかけ、痛っ！　と顔を顰《しか》める。

「寝ていて下さいませ。わたくしが傍《そば》に寄りますので……」

おりきがお庸の枕許《まくらもと》まで寄って行く。

「大変でしたわね。けれども、安静にしていると、必ず治りますからね」

「それは治ってもらわないと……。ぎっくり腰のこの痛さは、なった者にしか解らないからさ！」

お庸が痛みに耐《た》えながら呟《つぶや》く。

「西洋では魔女《まじょ》の一撃と言われるそうですからね。うちでも、先《せん》にとめさんがぎっくり腰になったことがありますが、さぞや、言語に絶する痛みだったのでしょうね、日頃の毒舌《どくぜつ》がすっかり影を潜《ひそ》めてしまいましたからね……」

「とめさんて、ああ、洗濯女をしていたとめ婆さんのことですね？　そうですか、あの女《ひと》もぎっくり腰を……。亡くなられて何年になりますか？」

弥生が訊《たず》ねる。

「一年半になりますのよ」

「その年の七月に七海《ななみ》さんがお亡くなりになったのですものね……。義母《はは》（おふな）が亡くなったのが三年前……。近しい人が次々に亡くなっていき、寂《さみ》しくなりましたよね。あたし、お庸さんが起き上がれなくなったのを見て、心《しん》の臓《ぞう》が縮《ちぢ》み上がるほど肝《きも》を冷やしましてね……。だから、素庵さまからただのぎっくり腰だと言われて、ほっと胸を撫《な》で下ろしましたの」

弥生がそう言うと、お庸がくくっと肩を揺《ゆ》すり、痛っ！　と顔を歪《ゆが》める。

「悪いけど、あたしはまだまだくたばるつもりがないからね！　三婆の宴だって、まだ何回も開かなきゃなんないんだからさ」

おりきがお庸に微笑《ほほえ》みかける。

「そうですよ。月見の宴は逃してしまいましたが、巳之吉に言って、紅葉膳《もみじぜん》でも仕度《したく》してもらいましょうね」

「紅葉膳……。いいねえ！」

「ですから、何がなんでも早く腰を治さなければね」

「ああ、あたしって、なんて食い意地が張ってるんだろう……。紅葉膳と聞いただけで、生唾《なまつば》が出ちまったよ」

「それだけ食欲が旺盛《おうせい》なのだから、まだまだお迎えは来ませんよ……。お庸さん、女将さんが見舞いに柿と梨を持って来て下さったのよ。お端女《はした》に言って、皮を剝《む》いてこさせましょうね」

弥生が部屋を出て行く。

「申し訳ないですね」

「いえ、宜《よろ》しいのよ。花をお持ちしようかとも思ったのですが、やはり、花より団子《だんご》のほうがと思い直しましたの」

そこに、お端女が茶菓《さか》を運んで来た。

「すぐに柿と梨を剝いて参りますんで、暫くお待ち下さいませ」

お端女がそう言い、階下に降りていく。

「横になっていたのでは召し上がれませんね。食事はどうなさっているのですか？」

　おりきが訊ねると、お庸が部屋の隅《すみ》に堆《うずたか》く積み上げられた蒲団《ふとん》を指差す。

「食事のときはあれで背凭《せもた》れを作り、弥生さんとお端女とであたしの身体を起こしてくれるんですよ……。文机《ふづくえ》を膝の上に置いてくれるので、食べるのは一人で出来るんですけどね」

　お庸はそう言うと、つと、辛《つら》そうに眉根を寄せた。

「さっき、まだまだくたばるつもりはないと言ったでしょう？　それは本当なんだけど、近い将来、寝たきりにでもなったらどうしようかと……。毎晩、そんなことばかり考えてるんですよ」

「田澤屋の旦那さまや弥生さまがついていらっしゃるではないですか」

「あの人たちはよくしてくれますよ。けど、あたしは身内じゃないからさ……。おふなさんが生きていた頃は話し相手になるという名目《めいもく》があったけど、おふなさん亡き後、あたしはただの居候《いそうろう》……。いつまでも他人の世話になっていてはいけないのじゃないかと思って……」

「お庸さま、またそんなことを……。前にも言いましたでしょう？　田澤屋さまご夫婦はお庸さまのことを身内同然に思っておいでなのですよ。それなのに、そんなことを言ったのでは、お二人が哀《かな》しまれます。甘えていればいいのですよ……。そうだわ！　どうしてもお二人に気を兼ねるとお思いなら、身の回りの世話をするお端女を傍につけるとよいのですよ……。介添《かいぞえ》といったほうがよいかもしれませんね。お庸さまが雇《やと》うという形にすれば、田澤屋さまに気を兼ねることはないでしょう？　けれども、それはまだ先の話……。ぎっくり腰くらいで弱音《よわね》を吐いてどうするのですか！」

おりきがそう言うと、弥生とお端女が部屋に入って来た。

お端女は部屋の隅に置いた文机に剝いた柿と梨の皿を置き、てきぱきと蒲団を運び始めた。

手慣《てな》れたものである。

瞬く間にお庸の頭上に蒲団が積み上げられ、弥生がお庸の身体を抱え起こし、その背に、お端女が積み上げた蒲団の山を押し当てる。

お庸は痛そうに顔を歪めたが、されるがままになっていた。

そうして、文机がお庸の膝の上に運ばれる。

成程《なるほど》、こうすれば、お庸が自力で食事が摂《と》れるというもの……。

「女将さんはどうぞこちらを召し上がって下さいませ」

お端女はおりきの前に皿を置くと、辞儀をして去って行った。

「まあ、わたくしまでお相伴《しょうばん》に与《あずか》るのですか……」

「頂《いただ》いたからには、もう、うちのものですからね。どうぞ、遠慮なく召し上がって下さいな」

「では、遠慮なく頂きます」

お庸が柿の切身を口に運び、相好《そうごう》を崩《くず》す。

「少し硬いけど、なんて甘いんだろう！」

「ホントだ！　これはなんて柿なんですか？」

弥生がおりきに訊ねる。

「御所柿とか言っていましたわ。梨は上総の類産だとか……」

おりきがそう言うと、お庸が嬉《うれ》しそうに破顔《はがん》する。

「料理旅籠とは親《した》しくしておくもんだね！　あたしたち、柿といえば渋抜《しぶぬ》きした柿しか食べたことがなかったけど、御所柿なんて珍しい柿を口にすることが出来るんだもんね」

「そうですよ！　これから先も、うんと美味《おい》しいものを食べなきゃならないのですからね！」

弥生に言われ、お庸が声を上げて笑う。

「そうそう！　くたばってる暇なんてないんだからさ」

お庸は今し方まで繰言《くりごと》を募《つの》っていた者とは思えないほどの明るい声を上げた。

おりきは田澤屋を出ると、彦蕎麦の前を通り過ぎようとして、ふと脚《あし》を止めた。

刻《とき》は正午前……。

現在《いま》は蕎麦屋の書き入れ時で、恐らく応接に暇《いとま》がないほどの忙しさと解っていたが、おりきはどうしても見世の様子を確かめたくなり縄暖簾《なわのれん》を掻《か》き分けた。

「いらっしゃいませ！」

飯台《はんだい》の上を片づけていた小女《こおんな》のお若《わか》が顔を上げ、おりきを認めると、あらっといった顔をした。

そして、板場を振り返ると、

「女将さん、立場茶屋おりきの女将さんが見えましたよ！」

と声をかける。

板場の中からおきわが前垂《まえだ》れで手を拭《ぬぐ》いながら、驚いたように顔を出す。

「おや、まっ……。わざわざ来て下さったんですか？　いえね、中食《ちゅうじき》を済ませたら、あたしのほうから旅籠を訪ねようと思ってたんですよ……」

　おりきは見世の中を見廻《みまわ》すと、おきわにふわりとした笑《え》みを返した。

「いえ、そうではないのですよ。田澤屋に用があったものですから、帰り道、彦蕎麦がどんな按配《あんばい》か見ておこうと思いつき、ちょいと顔を出しただけなのですよ……。忙しそうで何よりではないですか」

　おきわは照れたような笑みを見せた。

「お陰さまで……。新蕎麦《しんそば》が出ると、いつもこんな調子なんですよ」

　ああ、それで……。

　おりきは客の九割方が蒸籠《せいろ》蕎麦を啜《すす》っていることに納得した。

　常なら、客の半数ほどは掛け、天麩羅《てんぷら》、おかめ、玉子とじ、とろろ、穴子《あなご》、しっぽくといった変わり蕎麦を食べるが、新蕎麦の季節になると、蕎麦の香りを愉《たの》しもうとしてか、ほぼ全員が蒸籠を注文するようである。

　今も、小女のおまちが蒸籠膳《せいろうぜん》を両手に、板場の中から出て来ると、はァい、お待たせ！　と客の前に置いている。

「おい、俺の蒸籠はまだかよ！」

「早くしてくれよな！　俺ャ、ひだるく（空腹）って、目が回りそうなんだからよ」

入口側の飯台に坐《すわ》った、印半纏《しるしばんてん》を纏《まと》った男たちが槍《やり》を入れる。

「もう少しお待ち下さいね。すぐにお持ちしますんで……」

お若が空いた器《うつわ》や膳を重ね、職人風の男たちに会釈《えしやく》すると、席待ちの客に、どうぞ！　と坐るように促《うなが》して板場へと去って行く。

「おきわ、わたくしはこれで失礼しますね」

おりきがおきわに目まじする。

「後で帳場に顔を出しますんで……」

おきわがおりきの背中に声をかけてくる。

見世の外に出ると、手打ち場で杢助《もくすけ》が蕎麦を打っているのが目に入った。

外からでも格子戸《こうしど》越しに手打ち場が見えるので、道行く人が脚を止め、中を覗き込んでいる。

杢助の背後には、堆く積み上げられた生《なま》ふねが……。

中には、切って一人前ずつに並べた蕎麦が入っているのであろう。

杢助は捻《ねじ》り鉢巻《はちまき》に襷掛《たすきが》けで、額に汗を浮かべて、器用な手つきで三本の麺《めん》打ち棒《ぼう》を操《あやつ》っていた。

彦蕎麦が開店して、七年と少し……。

元は旅籠の追廻《おいまわし》だった杢助も、現在《いま》では一人前の蕎麦打ち職人である。

おりきは満足そうな笑みを見せると、旅籠へと戻って行った。

「お庸さんの容態《ようでえ》はどうでやした？」

帳場に入ると、達吉と帳簿の照らし合わせをしていた潤三が声をかけてきた。

「案じていたほどではありませんでした。腰痛も内臓から来たものではないとかで、暫く安静にしていれば治るそうです」

おりきが長火鉢《ながひばち》の傍に寄って行く。

潤三はほっと眉を開き、肩で息を吐《つ》いた。

「ああ、良かった！　じゃ、あっしも後から顔を出してみやしょう」

「ええ、是非《ぜひ》、そうして差し上げて下さいな。お庸さまね、動けないことで随分《ずいぶん》と不安を抱《かか》えておいでのようなので、潤三が顔を見せてあげれば悦ばれるでしょうよ」

「不安って……。だって、暫く安静にしていれば治るんでやしょ？」

潤三が訝《いぶか》しそうな顔をする。

「ええ、ぎっくり腰はときが経《た》てば治るでしょう……。けれども、此度、動けなくなり弥生さまの世話になったことで、先々《さきざき》のことを考えられたのでしょうね。お庸さまと田澤屋とは他人ですからね……。おふなさまが生きておられた頃は、ご隠居の話相手や世話をするという名目がありましたが、おふなさまに亡くなられてしまうと、本来ならば、田澤屋を出て行かなくてはならない立場にあります。けれども、おふなさまが生前、自分の亡き後もお庸さまのことを身内と思うように、と旦那さまに言い残され、弥生さまにはお庸さまのことを姉妹《きょうだい》と思えと言い残されたそうで、それで、今後もお庸さまが田澤屋に残ることになったといいます……。つまり、おふなさまのお庸さまへの思い遣《や》りといってもよいでしょう……。お庸さまね、息災なときにはそれでもいいが、先々、寝たきり状態になったときに田澤屋に多大な迷惑をかけることになるのではないか……、とそのことに胸を痛めておられるのですよ」

達吉が大仰《おおぎょう》に頷《うなず》く。

「あっしにゃ、お庸さんの気持がよく解る……。あっしも何年か前《めえ》に流行風邪《はやりかぜ》で寝込んじまったときに、このまま死ぬかもしれねえ、二度と起き上がれねえ状態《じょうてえ》になったらどうしようかと、堪《たま》らなく不安になっちまったからよ……。あのとき、潤三に下《しも》の世話をしてもらい、あっしがどれだけ心苦しく思ったか……。息子でもねえ若ェ《わけ》おめえにこんなことをさせてと……。女将さんには粥《かゆ》を食べさせてもらい、あっしは申し訳なくって……。あのときは風邪だったんで、暫くしたら元通りに動けるようになったんだが、あっしなんぞ歳だからよ……。いつ、何があるか判ったもんじゃねえ……。

それでいつも思ってるんでやすよ。長患《ながわずら》いだけはしたくねえ、善爺《ぜんじい》やとめ婆さん、およねのようにポックリ息絶《いきた》えてェもんだと……」

「達吉、莫迦《ばか》なことを言うのはお止《よ》しなさい！　おまえにはまだまだやるべきことが残っているではないですか……」

おりきが語気を荒らげ、達吉を見据《みす》える。

「里実のことでやすね？　へっ、解ってやす。里実が三代目になるまで、いや、少なくとも若女将になるのを見届けねえと、まだあの世には逝《い》けねえ……。先代に叱《しか》られちまうからよ。だから、あっしはいいよ？　励みになるものができたんだから……。けど、お庸さんには何もねえんだからよ」

達吉がしんみりとした口調《くちよう》で言うと、潤三も頷く。

「あっしもなんだかお庸さんの気持が解るような気が……。お庸さんね、旦那が死んだときのことを考えているんじゃねえかと……。堺屋の旦那は中気《ちゆうき》で倒れ、結句、一度も目覚めねえまま死んじまったが、さして長患いではなかったといっても、あのとき、内儀《おかみ》さんがどんなに大変《てえへん》だったか……。古くからいる店衆《たなし》も旦那が再起することはねえと見て、一人減《へ》り二人減りして、勿論《もちろん》、それは女衆《おなごし》も同じで、内儀《おかみ》さん、あのとき夜の目も寝ずに旦那の看病をしていなさったが、たった一人で大柄な旦那の看病をするのがどれだけ大変《てえへん》なことか、身に沁《し》みて感じていなさる……。けど、夫婦《めおと》だから、それも出来た……。ところが、旦那に死なれてしまうと、子供のいねえお庸さんには身内が一人もいねえ……。それで、堺屋の跡《あと》を買い取った田澤屋の旦那が、ご隠居の世話係にとお庸さんを引き取ってくれたんだが、おふなさんのいねえ現在《いま》じゃ、肩身《かたみ》が狭《せめ》ェ……。つい、寝たきりにでもなったらどうしようかと思い倦《あぐ》ねてしまうんだろうな。せめて、あっしでも傍についてあげられたらいいんだが……」

「てんごうを！　おめえはうちの番頭だ。立場茶屋おりきになくてはならねえ存在なんだからよ」

　達吉が狼狽《うろた》える。

「解ってやすよ、そんなことは出来ねえこととくれェ……。けど、あっしはお庸さんには目をかけてもれェやしたからね」

　潤三がふうと息を吐く。

「大丈夫ですよ、お庸さまは……。わたくしね、お庸さまに言いましたの。先々、寝込むようなことになって田澤屋に迷惑をかけると思うのであれば、お庸さまが自力で世話係、介添を雇ってはどうですか……と。あの方は堺屋を田澤屋に売り渡したとき、小体《こてい》な居酒屋が出せるだけの金子《きんす》を店衆に分け与えたと聞きましたが、それでも、お庸さまの手許《てもと》には、一人では使い切れないくらいのお金が残っているはず……。お端女の一人や二人は雇えると思いますよ」

おりきがそう言うと、潤三が目から鱗《うろこ》が落ちたような顔をする。

「そうだよ！　その手があったんだ……。田澤屋にしても、きっとそのほうがいいはずだ……。で、お庸さんはなんと？」

「ええ、お庸さまもその手があったという顔をなさいましてね。それで気が楽になったのか、此度、三婆の宴を中止したことを大層残念がられるものですから、早く腰を治して、秋のうちに紅葉膳なるもので宴をやり直してはどうですかと言いますと、俄然《がぜん》、張り切って、是非そうしたいと……」

潤三がポンと手を打つ。

「女将さん、そいつァいいや！　紅葉膳か……。紅葉を愛《め》でながらの紅葉膳とは、なかなか乙粋《おついき》じゃありやせんか！」

達吉も相槌《あいづち》を打つ。

「巳之さんもそれを聞いたら、悦びやすぜ！　これまで、祝膳《いわいぜん》、花見膳《はなみぜん》、月見膳はあったが、紅葉膳てェのはなかったもんな……」

「いいえ、ないことはないのですよ……。ほら、白金猿町《しろかねさるまち》の京藤《きょうふじ》の寮で、紅葉狩《もみじが》りの宴が開かれ、巳之吉が料理人として呼ばれたことがありましたでしょう？　あのときは出張料理でしたが、紅葉を意識した会席膳《かいせきぜん》となりましたからね」

「けど、女将さん、それはこの旅籠で開かれたわけじゃねえ……。ここの客室でやるから意味があるんでやすよ。月見の宴のときのように、縁側を秋の野山に見立て、紅《こう》葉《よう》した楓《かえで》や柿の葉を飾りつけるんでやすよ！　全室をというのじゃなく、三婆が使う部屋だけを飾ればいいんだもの、女将さんならお手のものじゃねえですか？」

潤三の言葉に、おりきも目を輝かせる。

咄嗟《とっさ》に、どんなふうに飾ればよいか、頭の中に構図が描《えが》かれた。

楓にはさまざまな種類がある。

紅葉する楓もあれば緑のままの楓や、板屋《いたや》楓のように黄葉《おうよう》する楓もあり、柿や櫨《はぜ》も紅葉する。

その中に、菊や七竈《ななかまど》、芒《すすき》、烏瓜《からすうり》の実を配してやれば、月見飾りとはまた違った風情《ふぜい》となるだろう……。

「潤三、とても良い思いつきですこと！　ええ、わたくし、乗りましたよ」

おりきにしては珍しく、思わず上擦《うわず》った声を返した。

巳之吉と夕餉膳《ゆうげぜん》の打ち合わせを済ませた頃、まるで計《はか》ったかのように、おきわがやって来た。

手にした膳の上には、三段重ねにした蒸籠と蕎麦猪口《ちょこ》、薬味皿《やくみざら》が載《の》っている。

「もう中食を済ませました？」

おきわに訊《き》かれ、達吉が首を振る。

「いや、これから摂るところでよ」

「ああ、間に合った！　新蕎麦をお一つどうかと思いまして……。ちゃんと三人分用意してきましたからね……」

おきわがそう言い、おりき、達吉、潤三の前に蒸籠や蕎麦猪口を置く。

すると、そこに里実が賄《まかな》い膳を運んで来た。

里実が皆の前に配られた蕎麦を見て、目をまじくじさせる。

おりきはくすりと肩を揺すった。

「里実、有難《ありがと》うね。大番頭さんや潤三は蕎麦だけでは足《た》りないでしょうから、賄い膳を配って下さいな」

「はい」

里実が三人の前に箱膳《はこぜん》を配っていく。

今日の賄い膳は、栗《くり》ご飯《はん》に菊菜《きくな》の胡麻和《ごまあ》え、塩引鮭《しおびきざけ》の船場汁《せんばじる》仕立《じた》て……。

「女将さん、この娘《こ》が先代の孫娘なんで？」

おきわがしげしげと里実を瞠《みつ》める。

「そうでしたわね。おきわは初めて里実に逢うのですね？　里実、この女《ひと》は茶屋の隣にある彦蕎麦の女将、おきわさんです。ご挨拶をしなさい」

里実が深々と頭を下げる。

「里実にございます。不束者《ふつつかもの》ですが、どうか宜しくご指導下さいませ」

おきわが驚いたといった顔をする。

「まあ、丁寧《ていねい》な挨拶を！　まだ歳若いってのに、あたしにだって出来ないほどの挨拶を……。さすがは先代の孫ですね」

「里実、下がってもよいですよ」

「はい」

里実が再び頭を下げ、板場のほうに戻って行く。

「良い娘《こ》でしょう？　わたくしたち全員、末頼もしく思っているのですよ。ところで、おきわは中食を済ませたのですか？」

「済ませたような済ませていないような……。いえね、忙しいもんだから、板場で立ったまま掛けを啜っただけで、あれを済ませたというのなら、済ませました」

「あら、それではいけませんわ。よかったら、わたくしの中食を食べませんこと？」

「けど、女将さんが……」

「いえ、わたくしは新蕎麦だけで充分です」

「じゃ、頂いちゃおうかな？　うちじゃ、賄いに栗ご飯を出すなんてことないからさ……。それに、鮭の入ったこのお汁《つゆ》、なんていうのですか？」

「鯖《さば》の代わりに鮭を使い、船場汁仕立てにしてあるのですよ」

「へえェ……」

おきわが物珍《ものめずら》しそうに椀《わん》の中を覗き込み、蕪《かぶ》や椎茸《しいたけ》も入ってるんですね、と燥《はしや》ぎ声を上げる。

「さっ、食おうぜ！　せっかくの新蕎麦が伸びちまうからよ」

達吉が箸《はし》を取り、蕎麦つゆに蕎麦の先をちょいと浸《ひた》し、ツルツルッと啜り上げる。

「おっ、蕎麦の香りが堪んねえや！」

「本当ですこと！　お客が新蕎麦、新蕎麦、と騒ぐ気持が解りますわ」

おりきが目を細める。

「このお汁の美味しいこと！　それに、栗ご飯もほくほくして、ああ、秋だって気がしますね。いいなァ、これに比べたら、うちの賄いなんて、見世の余り物ばかり……。まっ、人手《ひとで》が足りてないんだから、仕方がないんですけどね」

「人手が足りないって……。では、相談というのはそのことですか？　大番頭さんから板頭が辞めると聞きましたが……」

おりきはそう言い、

「けれども、現在《いま》は中食の途中です。食べ終えてからゆっくり聞きましょう」

と続けた。

おきわは旅籠の賄いが余程《よほど》気に入ったとみえ、余すことなくすべて平《たい》らげた。

おりきが食後のお茶を勧《すす》める。

「では、話を聞きましょうか」

おりきがそう言うと、潤三が気を利《き》かせ、じゃ、あっしはこれで……、と立ち上がる。

達吉もそれに倣《なら》い立ち上がろうとすると、大番頭さんはいて下さいな、とおきわが縋《すが》るような目で見る。

達吉が坐り直す。

「大番頭さんにはほんの少し話したんですが、突然、修《しゅう》さんが辞めさせてくれと言い出しましてね……」

「ああ、そいつァおめえから聞いたが、辞める理由ってェのを修司が話そうとしねえとか……。ただ辞めさせてくれじゃ、理由《わけ》が解らねえからよ」

達吉が苦虫《にがむし》を嚙《か》み潰《つぶ》したような顔をする。

「そうなんですよ……。修さんは彦蕎麦を開店したときからずっといてくれて、言ってみれば、彦蕎麦のかえしは修さんが作ったようなものです……。出汁《だし》ひとつ取っても、修さんが採《と》った出汁と他の者が採った出汁とでは、どこかしら違うんですよ……。勿論、蕎麦そのものが美味しくなきゃなんないんだけど、つゆの味でも決まるんですよ……。だから、あたし、辞められたら困る、手当が不足というのなら、現在《いま》の倍は出してもいい、と言ったんですよ……。そしたら、手当が不足なわけじゃねえ、ただ、これ以上ここにいるわけにはいかないと……」

「それで、女将さんから修司に辞めねえように説得してほしいってことか？」

「ええ、昨日、大番頭さんに逢ったときには、そう思ったんですよ……。けど、夕べ《ゆん》、山留《やまどめ》（閉店）にしてから裏店《うらだな》に戻ろうとする修さんを呼び止めて、もう一度、なんで辞めたいのか質《ただ》してみたんですよ……。そしたら、お若はもう二階に上がって見世にはあたしと修さんしかいなかったもんだから、やっと本心を話してくれましてね……」

おきわはそこで言葉を切ると、困じ果てたように肩息《かたいき》を吐いた。

「店衆の中に、気に入らねえ奴でもいるってか？　それとも、おっ、まさか、連次《れんじ》みてェに余所《よそ》の見世に引き抜かれたってわけじゃねえだろうな？」

達吉が気を苛《いら》ったように、身を乗り出す。

おきわは俯《うつむ》いたまま、首を振った。

「違うんです……。修さん、あたしの顔をじっと瞠め、女将さんの傍にいるのが辛《つれ》ェんです、と言い、どうして俺の気持を解ってくれねえのかと……」

おりきの胸がきやりと高鳴った。

「おきわ、まさか、修司はおきわのことを……」

おりきがそう言うと、おきわは今にも泣き出しそうな顔をして頷いた。

おきわは修司に、辞めたい本当の理由を聞かせてくれと迫《せま》ったという。

「修さんに辞められたら、彦蕎麦はやっていけない！　そんなことは解っているでしょう？　おまえ、あたしを困らせたいのかえ？」

「困らせるなんて滅相《めっそう》もねえ……。俺を困らせているのは女将さんなのに……」

修司はそんなふうに言ったという。

「あたしが修さんを困らせてるって？」

「ほれみな……。俺の気持なんて解ろうともしてくれねえ！」

「………………」

「俺ャ、女将さんの傍にいると、息苦しくなるんだよ……。息苦しくって、切《せつ》なくて、思わず抱き締《し》めたくなる衝動を抑《おさ》えるのが、どんなに辛《つれ》ェことか……」

「修さん、おまえ……」

「ここに入《へえ》ったばかりの頃に話したと思うが、俺と彦次《ひこじ》は浅草《あさくさ》の蕎麦屋で同じ釜《かま》の飯を食った、修業仲間だ……。その後、俺は高輪《たかなわ》の見世に移り、彦《ひこ》さんは一匹狼《いっぴきおおかみ》でいくといって屋台見世《やたいみせ》を出したが、風の便りに彦さんが亡くなり、遺《のこ》されたかみさんが生《な》さぬ仲の娘を連れて門前町《もんぜんちょう》に蕎麦屋を出すらしいという噂《うわさ》を耳にし、これはなんとしてでも助《す》けてやらなきゃ……、と口入屋《くちいれや》にこの見世を斡旋《あっせん》してもらった……。俺の作るかえしが彦さんの味に似ていたのは、同じ見世で修業したからで、あっしも最初《はじめ》は女将さんのことを彦さんの後家《ごけ》としか考えていなかった……。ところが、与之助《よのすけ》が大《おお》怪我《けが》をして生死の境《さかい》を彷徨《さまよ》っていたとき、女将さんが親身《しんみ》になって与之助の看病をするのを見て、俺の中に与之助への妬心《としん》がむくむくと湧《わ》いてきて……。無性《むしょう》に、与之助が妬《ねた》ましくなり、ハッと己《おのれ》の気持に気がついた……。俺ャ、女将さんが好きで好きで堪らねえんだと……」

「莫迦なことを！　与之助は生きるか死ぬかの大怪我をしてたんだよ。親身になって看病するのは当然じゃないか……」

「ああ、そうだ……。俺にだって、そんなことは解ってるさ。けど、肝精《きもせい》を焼いちゃいけねえと思っていても焼いてしまう、この俺の身にもなってくれよ……。俺ャ、己の心に戦《おのの》き、彦さんに済まねえという気持で一杯《いっぺえ》になった……。それで、極力《きょくりょく》、女将さんのことを考えねえように努《つと》めてきたんだが、与之助が行方《ゆくえ》を晦《くら》ませてからの女将さんの動揺を見て、またもや、女将さんへの想《おも》いに火が点《つ》いた……。これまで、何遍《なんべん》、女将さんに想いを打ち明けようと思ったことか……。けど、その度《たび》に、彦さんの面影《おもかげ》がつっと目の前に現れ、俺の心を怯《ひる》ませてしまってよ……。駄目だ駄目だ、あれほど水魚《すいぎょ》の交《まじ》わりをした友達《だち》の女房に想いを寄せるなんて……、と自責《じせき》の念に駆られるばかりで……」

「…………」

「一つ訊きてェんだが、女将さん、俺の気持に気づいてたか？」

「…………」

おきわには返す言葉がなかった。

正《まさ》な話、修司がそんなことを思っているとは微塵芥子《みじんけし》ほども気づいていなかったのである。

「ほれ、みな！　なんにも気づいちゃいねえ……。つまりよ、女将さんには俺のことなど眼中《がんちゅう》にねえのよ！　俺ャ、哀しかった……。与之助のことではあれほど心を乱した女将さんが、俺のことは空気みてェにしか思ってねえんだからよ！　だったら、俺なんていてもいなくても同じ《おんな》じゃねえかと思ってよ……」

「違う！　修さんは彦蕎麦にとって、いなくちゃならない存在じゃないか」

「それは板頭としてで、男としてという意味じゃねえ……。確かに、板頭として俺を買ってくれるのは嬉《うれ》しいぜ。けど、俺ャ、男として女将さんにいなくてはならねえ存在と思ってほしいんだ。だが、女将さんの頭の中には常に彦さんがいる……。決して、割って入《へえ》れねえと解っているからこそ尚辛《なおつれ》ェ……。だからよ、俺の女将さんへの想いが捨て切れねえのなら、傍を離れるより手がねえと思ってよ……」

「…………」

「済んません……。そんな理由《わけ》なんで、辞めさせて下せえ」

修司は改まったように頭を下げた。

「待って！　ねっ、もう少し待って……。いきなりのことで、あたし、どう答えてよいのか解らないの。少しでいいから、心の整理をさせてほしい……。せめて、もう二、三日……。あたし、考えてみる。ねっ、後生一生《ごしょういっしょう》のお願い！　いいでしょう？」

おきわは手を合わせ、縋るような目で修司を見た。

修司はそれで納得したのか、その夜は裏店に帰って行ったという。

「昨夜、そんなことがあったものだから、今朝、見世に出てくれるかどうか案じていたんだけど、朝になると、何事もなかったかのような顔をして来てくれたもんでほっとしたんですよ……。けど、二、三日待ってくれと言ったからには、どうすべきか決めなくちゃならないでしょう？　それで、女将さんや大番頭さんの考えを聞きたいと思って……」

おきわはそう言うと、おりきの顔を食い入るように瞠めた。

「それで、おきわは修司のことをどう思っているのですか？」

おきわは挙措《きょそ》を失い、目を伏せた。

「おきわがこれまで修司のことを板頭としてしか考えていなかったことは解りましたが、昨夜、修司のおきわへの想いを聞いてから、心に変化があったかどうかということです」

「…………」

「どうしてェ、はっきりしなよ！　女《おな》ごととして嬉しかったとか気色《きしょく》悪かったとか、なんか感じただろうが！　女将さんはそれを訊いていなさるのよ」

達吉に急《せ》かされ、おきわが鼠鳴《ねずみな》きするような声を出す。

「そりゃ、嬉しかった……。彦さんが亡くなって、八年半……。その間、おいねや見世のことだけを考えてきて、あたし、自分が女ごということを忘れかけていた……。だから、修さんがあたしのことをそんなふうに思っていてくれたと思うと、嬉しくって……。夕《ゆん》べ、改めて修さんのことを考えてみたんですよ。彦蕎麦にはあの男《ひと》がいなくちゃならないし、それに、昔の修業仲間のことをあんなふうに大切に思ってくれていて、義理堅いうえに店衆の面倒見もよい……。見てくれだって、決して他の男《ひと》に劣《おと》るようなところはないし、何より、あたしのことを好いていてくれる……。それに、あたしも三十路《みそじ》ですからね。この先、二度とあたしのことを好ましく思ってくれる男《ひと》

すよ」

「だったら、何を迷うことがありましょうか！　自分の気持に素直に従えばよいのですよ」

　おりきはきっぱりと言い切った。

「あたしもそう思います。けど、おいねのことを考えると……。彦さんが亡くなったのはあの娘《こ》が四歳のときで、父親《てておや》のことは記憶の端《はし》にも残っていないでしょうが、自分にも父親《てておや》がいたということは知っています。それなのに、昨日まで板頭と思っていた男《ひと》が、突然おとっつァんというのでは……」

　おきわが不安の色も露《あら》わに、おりきを窺う。

「大丈夫ですよ。みずきちゃんをごらんなさいよ。こうめさんと鉄平《てっぺい》さんが祝言を挙《あ》げたのは、みずきちゃんが五歳のときでしたが、別に問題らしき問題はありませんでしたからね。寧《むし》ろ、おいねも父親《てておや》が出来て悦ぶのではないでしょうか……。それより、おきわが拘《こだわ》っているのは、亡くなった彦次さんのことではありませんか？　他の男《ひと》と所帯を持つと彦次さんに申し訳ないと……。仮にそう思っているのだとしたら、それは間違いですよ。考えてもごらんなさい。おまえはまだ頑是《がんぜ》なかったおいねを背負《せお》って屋台で蕎麦を売っていた彦次さんを不憫《ふびん》に思い、力を貸そうとしたばかりか、彦次さんが不治《ふち》の病に冒《おか》されてからは、どうしても彦次さんと所帯を持ちたいと、父親《てておや》の反対を押し切ってまで祝言を挙げたのですからね……。あのときのことをわたくしは未《いま》だに忘れることが出来ません……」

おりきがそう言うと、達吉も頷く。

「そうでやしたよね。親に反対されながらも、狭ェ《せめ》裏店の一室で、彦次を寝かせたまま、大家や女将さん、おいね、亀蔵《かめぞう》親分の四人に見守られての祝言だったんだよな……」

「彦次さんはそれから間なしに亡くなりました……。おきわ、おまえは彦次さんの看病と生さぬ仲のおいねを育てるためだけに、祝言を挙げたのですからね……。きっと、彦次さんもあの世からおまえに手を合わせていることでしょう。ですからね、もうそろそろ、おまえは女ごとしての幸せを望んでもよいのですよ。彦次さんに気を兼ねることはありません」

おきわの目にきらと涙が……。

「本当にいいんでしょうか……」

「ああ、いいに決まってらァ！」

達吉が言いきる。

「わたくしは大賛成ですことよ！　では、こうしませんか？　二、三日したら答えを出すと修司に言ったのであれば、今日、明日にも返事をしなくてはならないでしょうから、わたくしと大番頭さんもその場に立ち会《あ》いましょう。今夜にでも、仕事を終えて修司と一緒にここにいらっしゃいな」

おりきがそう言うと、達吉がポンと手を叩く。

「おっ、それがいいや！　おきわ、そうしなよ」

「はい」

おきわは素直に頷いた。

おきわが彦蕎麦に戻って行くと、達吉がやれやれといった顔をする。

「相談と言うから、何か大変《てえへん》なことかと思っていたが、目出度《めでて》ェ話でようございましたな……」

「本当ですこと……。いえね、わたくし、これまでもおきわのことでは心を痛めてきましたのよ。自《みずか》ら望んで彦次さんと夫婦《めおと》になったといっても、夫婦《めおと》らしきことを何ひとつ味わうことがなかったのですものね……。しかも、彦次さんの死後は、彦次さんの夢だった蕎麦屋を開き、おいねを育てることと、見世を護《まも》ることだけに明け暮れしてきたのですからね……。おまきもここに来るまでは大層な辛酸《しんさん》を嘗《な》めてきましたが、春次《はるじ》さんの後添《のちぞ》いに入ることで女ごの幸せを摑《つか》み、現在《いま》では生さぬ仲の四人の子たちとも仲睦《なかむつ》まじく暮らしていますからね……。ですから、おきわにも誰か良い男《ひと》をと思っていたのですよ。ところが、彦蕎麦がある限り、おきわは嫁ぐことが出来ない……。けれども、板頭の修司がおきわに好意を持っていることが判ったのですもの、こんなまたとない話を逃《のが》す手はありませんわ！」

「考えてみれば、修司が独《ひと》り者でようございましたね。女将と板頭……。こんなによい組み合わせがあろうかよ！　女将さんもおきわたちに肖《あや》っちゃどうでやす？　女将さんと巳之さん……。こんなによい組み合わせはねえんだからよ！」

「また、大番頭さんはそんなことを……。わたくしと巳之吉は心で繫《つな》がっています。現在《いま》のままでよいのですよ」

達吉が不服そうに唇を窄《つぼ》める。

「そんなもんでやすかね？　あっしにゃ解らねえ……」

「あら、達吉だって、先代と結ばれなかったではありませんか」

おりきに言われ、達吉が慌てる。

「てんごうを！　あっしのは片惚《かたぼ》れだ。先代には兆治《ちょうじ》という思い人がいて、あっしのことなど歯牙《しが》にもかけちゃくれなかったんだからよ……」

おりきがくすりと肩を揺する。

恐らく、先代は達吉の想いに気づいていたが、敢《あ》えて、気づかない振りを徹《とお》していたのであろう。

そして、達吉にもそのことが解っていた……。

要するに、先代もおりきも、意図《いと》して所帯を持つことを避《さ》けたのである。

何故《なぜ》ならば、立場茶屋おりきを護るには、それが一番よい選択と思えたから……。

夫婦《めおと》にならずとも、巳之吉は必ずやついて来てくれる！

そう思うことで、おりきは生きていく勇気を貰えるのだった。


後の月も終わり、今日は九月十四日……。

そして、なんと五月《いつつき》ぶりに、おきちが吉野屋幸三に連れられて戻って来たのである。

「おいでなさいませ。お待ちしていました。長旅、ご苦労さまにございます」

おりきは玄関先で深々と幸三に頭を下げると、続いておきちに視線を定め、

「お帰りなさい。息災そうで何よりです」

と言った。

「やあ、女将、長いことおきちさんを京に留《とど》めてしまい、申し訳ないことをしてしまいましたね」

幸三が気を兼ねたように頭を下げる。

「申し訳ないのは、わたくしどものほうで……。お言葉に甘えて、ついつい長居《ながい》をさせてしまいました。ご迷惑ではありませんでしたか？」

おりきは幸三にそう言うと、ちらとおきちの顔を窺った。

おきちが照れたような笑みを見せる。

「迷惑なんて、とんでもない！　おきちさんのお陰で、この五月《いつつき》というもの、あたしも愉しい日々を過ごさせてもらいました」

幸三はそう言うと、なあ？　とおきちに目まじした。

「そう言っていただけると、少し気が楽になりました……。おきち、黙って突っ立っていないで、皆に何か言うことがあるのではないですか？」

おりきに促され、おきちがぺこりと頭を下げる。

「ただ今、帰りました。長いこと勝手をして済みませんでした」

「そうでェ、心配《しんぺえ》したんだからよ！」

達吉がわざとらしく、めっ、と睨《にら》んでみせる。

「さあさ、どうぞ洗足《せんぞく》を……。本日は浜木綿の間を用意していますので、後で里実がご案内いたします」

おりきが下足番の吾平《ごへい》を促すと、幸三がおうめの隣に坐った里実に目をやり、ほうォ……、と目を瞬く。

「では、この娘《こ》が先代の孫娘か……。なんと、愛らしい娘ではないか！」

「後で、正式に挨拶させようと思っていましたが、里実、吉野屋の旦那さまに挨拶をなさい」

おりきが里実を促す。

里実は三つ指をつき、深々と頭を下げた。

「里実にございます。今後とも、どうか宜しくお願い致します」

「いや、こちらこそ宜しく頼むよ」

「では、後ほど改めてご挨拶に上がりますので……」

おりきは再び頭を下げると、おきちに帳場に来るようにと促した。

おりきに続いておきち、達吉、潤三が帳場へと入って行く。

「なんと、おめえ、五月《いつつき》も京に留まるとはよ！　三吉の祝言のために行ったのに、これじゃ、なんのために行ったんだか解りゃしねえ……」

　達吉がおきちの額をちょいと小突く。

「だって、毎日が愉しくってしょうがなかったんだもの……」

　おきちが肩を竦《すく》める。

「おきち、潤三に世話になった礼を言うのを忘れてはいませんか！」

　おりきが厳しい目を向けると、潤三が慌てる。

「いいんでやすよ、礼なんて……」

「それはなりません！　親《した》しき仲にも礼儀ありといいますからね。吉野屋さまには後でわたくしから改めて礼を言いますが、おきちは京への道中、潤三の世話になったのです。きちんと礼を言わなければなりません」

　おきちが改まったように潤三に頭を下げる。

「その節はお世話になりました」

「いいってことよ！　それより、おきちさん、その後、三米《さんべい》さまに逢いやした？」

「ええ、伏見《ふしみ》の寮も訪ねたし、あんちゃんもあたしが吉野屋の世話になっているのに気を兼ねて、一廻り（一週間）に一度ほど訪ねて来てくれたんで……」

「琴音さんとは親しくなれましてて？」

おりきがお茶を淹《い》れながら訊ねる。

「はい……。琴音さんて、とても善《よ》い女《ひと》なんですよ。京の仕来《しきた》りを教えてくれたり、そう、お琴も……。琴音さんてね、その名の通り、それは琴を弾《ひ》くのが上手《うま》いの！　あたし、すっかり琴が気に入っちゃって……。京から離れたくなかったのは、それも理由の一つ……」

「あら、琴を弾きたければ、ここでもお稽古《けいこ》に通えるではないですか！」

おりきがそう言うと、おきちがぺろっと舌を見せる。

「広間の床の間に琴が飾ってあるもんね……。あれって、女将さんが弾くんですか？」

「わたくしは弾きません。大番頭さん、先代は琴を弾かれたのですか？」

おりきが達吉に訊ねる。

「いや、先代も琴は弾かれやせんでした。恐らく、床の間の琴は飾りのつもりなんじゃねえかと……」

「なんだ、勿体《もったい》ない……。けど、琴の稽古に通うといっても、ここにいたんじゃ、その暇がない……」

「あら、そんなことはありませんよ。おきちが本当に琴を習いたいのであれば、お師《し》さんの許に通わせてあげますよ」

「………」

おきちは口を閉じた。

「どうしました？」

「でも、いいの……。京にいたから琴もいいなァと思っただけだもの……。それに、琴音さんもあんちゃんを気遣《きづか》って、祝言を挙げてからはあまり弾かないんだって……」

ああ……、皆は納得したかのように頷いた。

琴音は耳の不自由な三吉を気遣っているのであろう。

おきちがおりきたちの反応に気づき、狼狽える。

「でもね、お茶や活《い》け花、香道《こうどう》っていうの？　ほら、お香を嗅《か》いで、なんの匂《にお》いか当てる……。そんな習い事は続けてるんだって！　そう、それに、現在《いま》はあんちゃんから絵の手解《てほど》きをしてもらってるんだって……」

「そうですか……。では、三吉と琴音さんは仲睦まじく、幸せそうなのですね」

おりきは満足そうに頬《ほお》を弛《ゆる》めた。

「あの二人を見ていたら、あたし、ますますお嫁に行きたくなっちゃった！」

あっと、おりき、達吉、潤三の三人が顔を見合わせる。

「嫁に行くって、おめえ、そりゃどういうことよ！」

達吉が大声を上げる。

おきちは困じ果てた顔をしたが、意を決したように、おりきを見据えた。

「どうせ、後で、幸三さんがあたしを嫁にくれと女将さんに頭を下げるだろうから言っちゃうけど、京を発《た》つ前に、所帯を持たないかと言われたの……」

「それで、おきちはなんと答えたのですか？」

「はい、悦んでお受けします、と答えたわ」

「悦んでお受けするといっても、おめえ、女将さんに相談もしねえで……」

達吉が唖然とした顔をする。

「だって、女将さん、文をくれたじゃないですか……。先代の孫娘を旅籠で引き取ることになったって……。それって、その娘に三代目を継《つ》がせるってことで、そうなれば、あたしはもう用なしってことじゃないですか！　幸三さんもそのことを知ったもんだから、これで立場茶屋おりきに気を兼ねることなくあたしを嫁に迎えられるって……」

おりきは複雑な想いだった。

確かに、文にて里実のことを伝えたが、それはおきちに心しておいてほしいという意味であり、幸三がおきちを京に留めたのも、先々内儀として迎えたいという気持があるからではなかろうかと思っていたのである。

が、こう、あっけらかんとおきちの口から言われてしまうと、どこかしら、すっきりとしない。

「それはそうなのですけど……」

おりきは曖昧《あいまい》に言葉を濁《にご》した。

「それで、三吉はなんと言っているのですか？」

「あんちゃん？　ううん、まだ言っていないの……。けど、聞けば、きっと悦ぶと思うわ。だって、あたしとあんちゃんは双子《ふたご》なんだもの……。これまでは品川宿《しながわしゅく》と京とに離れていたけど、あたしが吉野屋に嫁《とつ》げば、逢いたいときにすぐに逢える……。琴音さんだって、きっと悦んでくれると思うわ」

「そりゃまっ、そうなんだが、おめえ、本当に吉野屋の嫁になりてェのか？　吉野屋といえば、京でも大店《おおだな》だ。俺ャ、おめえに大店の内儀が務《つと》まるとは思えねえんだが……」

達吉が戸惑《とまど》ったように言う。

「大丈夫だよ。吉野屋には古くからいるおカネさんという番頭格のお端女がいて、商家の仕来りや内儀としてやらなくてはならないことを教えてくれるって……。奥向きのことは、何人もいるお端女が何もかもをやってくれるし、あたしはお稽古事《けいこごと》をしたり、お店《たな》同士のお付き合いに顔を出せばいいんだって！　此度も、綺麗《きれい》な着物《べべ》を何枚も裁《た》ち下ろしてくれたし、あたしが嫁に行くまでには袷《あわせ》を裁ち下ろしておくって……。あたし、絶対に幸三さんのお嫁さんになりたい！」

いつから、おきちは吉野家の旦那を、幸三さん、と呼ぶようになったのであろうか……。

おりきは先代の幸右衛門《こうえもん》とは二十年近くの付き合いがあったが、いつも吉野屋さまか旦那さまと呼び、終《つい》しか、幸右衛門さまとは呼ばなかった。

恐らく、おきちはもうすっかり幸三の許婚《いいなずけ》にでもなった気分なのであろう。

「解りました。詳しいことは吉野屋さまにお目にかかってからのことです。おきち、道中着《どうちゅうぎ》からお仕着《しき》せに着替えなさい。正式に縁談が纏まるまでは、おまえはわたくしの養女であり、若女将修業中なのですからね」

えっと、おきちが不服そうな顔をする。

「区切《けじめ》です。不服かもしれませんが、そうしてもらいます」

おりきはそう言うと、客室の挨拶へと立って行った。

「そうですか……。既《すで》におきちさんからお聞きになったのですね。では、改めて、あたしからお頼み申し上げます」

幸三は座布団《ざぶとん》を外《はず》すと、畳《たたみ》に手をつき、深々と頭を下げた。

「女将さん、おきちさんをどうかあたしの嫁に下さいませんでしょうか……。初めて逢ったときからおきちさんは気にかかる存在となり、此度、京で再会して、その想いはますます強くなりました……。この五月《いつつき》というもの、あたしがどれだけ満たされた気持でいられたか……。とは言え、いつかは品川宿に送り届けなくてはならない……。そう思うと悶々《もんもん》として、あと一廻り、いや、もう一廻りと先送りにしてしまいました。そんなときに、女将さんがおきちさんに宛てた文で、先代女将の孫娘を旅籠に引き取ったことを知り、あたしは舞い上がってしまいました。先代の孫娘がいるのであれば、三代目は当然その娘に……。あたしがおきちさんを嫁に貰《もら》いたいと願い出てもよいということなのですから……」

幸三が頭を上げ、おりきを瞠める。

「ええ、それはそうなのですが……」

「でしたら、お願いします！　大切にします、幸せにしてみせますので、どうか……」

　幸三が再び頭を下げる。

「頭をお上げ下さいませ。おきちのことをそんなふうに思って下さるなんて、わたくしのほうこそお礼の申しようもありません……。けれども、一つ気懸《きが》かりなことがあります。あの娘《こ》は十歳のときに身内と死に別れ、兄の三吉と共にここに引き取ったのですが、おきちをわたくしの養女にしてからはまだ年数が浅く、充分な躾《しつけ》が行き届いていません……。そんな不束な娘に、大店の内儀が務まるものかどうか、それが案じられてなりませんの。旦那さまはおきちのことを気に入って下さっていても、店衆や身内の方がなんと思われるか……」

「何が気懸かりなのかと思ったら、なんだ、そんなことか……。大丈夫ですよ。番頭にも奥向きで女衆を束ねるおカネというお端女にも、あたしの気持を伝えています。二人とも、おきちさんのことを気に入ってくれましてね。義父《ちち》が亡くなってどこかしら沈みがちだった吉野屋に、明るい光が射《さ》し込んだかのようだと……。それに内儀としての務めや仕来りなどは、追々《おいおい》に、おカネが仕込んでくれるでしょう。あたしは何一つ心配していません。ですから、女将さんもどうか懸念《けねん》なさいませんように……」

「そうですか……。それを聞いて安堵いたしました。先程《さきほど》、おきちの気持を聞きました……。どうやら、あの娘《こ》も乗り気のようなので、わたくしどもとしましては反対する理由は何一つありません。どうか、おきちのことを宜しくお願い致《いた》します」

おりきは感極《かんきわ》まって、深々と頭《こうべ》を垂《た》れた。

「ああ、良かった！　文にて知らせようかと思ったが、やはり、直接お目にかかって頭を下げるべきだと思いまして……。それで、祝言のことですが、三米さんのときにも女将さんは京にお越《こ》しにならなかったので、やはり、此度も無理でしょうな？」

「ええ、京に行くとなれば、一月《ひとつき》は旅籠を留守にすることになります……。それに、立場茶屋おりきは旅籠だけではありません。茶屋もあれば彦蕎麦、あすなろ園もありますからね。いつ何が起きてもすぐに対応できるようにしていなくてはなりませんので、京に行くのは無理かと……」

「では、おきちさんの身内として、三米さん、琴音さん夫婦に、加賀山竹米《かがやまちくべい》さん、この三人に列席してもらいましょう……。ああ、それから、明朝、あたしは商用で江戸に出掛けなければなりません。帰りは一廻り後になりますので、その晩、立場茶屋おりきに泊めていただき、翌日、おきちさんを京に連れ帰りますが、それで宜しいかな？」

「えっ、おきちを一廻り後に……。祝言はまだ先のことと思っていましたのに……」

おりきが驚いたように幸三を見る。

「先に延《の》ばしてもよいのですが、そうなると、またもや、潤三さんにおきちさんを京まで送ってもらわなければならなくなる……。それでは申し訳ありませんからね。三米さんの祝言の折に、潤三さんが一刻も早く品川宿に戻りたそうなのを見て、ああ、旅籠のことが気懸かりなのだなと感じました……。ですから、あたしがおきちさんを連れて戻ります。それに、正直に言えば、あたしはおきちさんと長く離れていることに耐えられないのですよ……。嗤《わら》って下さい。あたしはもうおきちさんにぞっこんで……」

おりきも頬を弛める。

「解りました。では、嫁入り道具は後から船便で送ることに致します」

「嫁入り道具は何ひとつ要《い》りません。何もかもが揃っていますし、吉野屋は染物問屋です。入り用の物があればうちで仕度しますので、どうかお気遣い下さいますな」

「いいえ、それはなりません。おきちはわたくしの養女です。義娘《むすめ》として吉野屋に嫁がせるのに、何も仕度をしてやらないなんて……。これまで義母《はは》としてあの娘《こ》には充分なことをしてやれませんでした。せめて、そのくらいのことはさせて下さいませ」

「けれども、本当に何もかも揃っているのですよ……。では、どうしてもとお言いなら、化粧道具《けしょうどうぐ》を……。化粧道具だけは新しいもののほうがよいでしょうからね」

「解りました。では、持参金のほうは後で金飛脚《かねびきゃく》にてお送り致しましょう」

「持参金なんて、滅相もない！」

「いえ、わたくしどもでは女衆を嫁がせる際に、某《なにがし》かの持参金を持たせてきました……。それなのに、義娘《むすめ》のおきちに何も持たせないというわけにはいきませんからね。どうか、それだけはお収め下さいませ……」

「解りました。女将さんがそうまで言われるのであれば、おきちさんに何か入り用があったときに遣わせてもらいましょう」

そこに、おきちが次の間から声をかけてきた。

「失礼します」

おりきはおやっと思った。

浜木綿の間の接客は、里実のはずである。

では、おうめが気を利かせて、里実と交替させたのであろうか……。

おきちは扇面手付皿《せんめんてつけざら》に入った焼物《やきもの》を運んで来た。

お仕着せに着替えているので、どこから見ても女中である。

「甘鯛《あまだい》の松茸《まつたけ》包み焼きと里芋《さといも》の焼雲丹《やきうに》載せ、はじかみです。小皿に取って召し上がって下さい」

おきちがそう言うと、幸三は照れ臭そうに頰を弛めた。

「なんだか妙な気持だなァ……。昨日までおきちさんと一緒に三食食っていたのに、給仕してもらうなんて……」

「里実さんが運ぼうとしているのを見て、あたしが替わってもらったの」

「おきちさん、悦んでおくれ！　女将さんにおきちさんを嫁に貰うことを許してもらえたからよ」

幸三がそう言うと、おきちの顔が輝く。

「良かった……。あたしの口からも伝えたんだけど、幸三さんが正式に許しを貰えたんだもの……」

「それでね、明朝、あたしは江戸に発ち、一廻り後に戻って来る……。そうしたら、二人で京に戻ることにしような？　だから、おきちさんがここにいるのは、一廻りだけなんだよ。思い残すことのないように、やりたいことをやっておくんだよ」

えっと、おきちがおりきを見る。

おりきは頷いた。

「そうなのですよ。祝言は京で挙げることになりますが、三吉のときのようにわたくしは列席できません。ですから、極力、この一廻りは母娘《おやこ》として過ごすように努めますので、許して下さいね」

「じゃ、明日からはもう女中の仕事はしなくてよいってこと？」

「ええ、吉野屋さまとの縁談が正式に決まったのですもの、本当は今宵《こよい》も座敷に出なくてもよいのですがね……」

おりきがそう言うと、おきちがムッとした顔をする。

「じゃ、幸三さんの給仕を里実さんがするってこと？　嫌《いや》よ！　そんなの……。この座敷はあたしが務めますからね！　ねっ、幸三さんもそのほうがいいわよね？」

おきちに覗き込まれ、幸三が苦笑する。

「ああ、少しでも傍にいてもらいたいからね」

おりきはくすりと肩を揺らした。

「あらあら、お熱いこと！　では、わたくしは失礼させてもらいます」

おりきは辞儀をして、浜木綿の間を後にした。

「そうですねえ、紅猪口《べにちょこ》、紅筆《べにふで》、紅板《べにいた》、白粉《おしろい》、白粉溶《おしろいと》き、刷毛《はけ》を数種類……。お歯黒《はぐろ》はどうします？」

雀隠《すずめがく》れの内儀柚乃《ゆずの》がおりきに訊ねる。

「さあ……。江戸では既婚者《きこんしゃ》がお歯黒をつける風習がありますが、京ではどうなのでしょう」

おりきがおきちを瞠める。

「吉野屋のお端女や琴音さんはつけていなかったけど……」

おきちが首を傾げる。

「大坂《おおざか》ではどうでした？」

おりきは柚乃に訊ねた。

足袋屋《たびや》雀隠れの柚乃と亭主の公三《こうぞう》は、大坂から手に手を取るようにして、品川宿門前町まで逃げてきたのである。

柚乃は大坂の布袋屋《ほていや》という小間物屋の内儀だったが、公三とは主従の関係で、柚乃の亭主が中気で倒れて五年も長患いをした末、息を引き取ったという。

その間、公三は陰になり日向《ひなた》になりして柚乃を支え、やっと柚乃が亭主から解放されたと思ったら世間の目は二人に厳しく、二人は布袋屋の旦那が生きているときから男女の仲にあったとか、公三が旦那を手にかけたのではないかと陰口を叩く始末……。

大坂に居辛《いづら》くなった二人は江戸に出ようとし、道中、横浜村《よこはまむら》の茶店で知り合った田澤屋伍吉《ごきち》から、江戸にまで行かずとも品川宿門前町に恰好《かっこう》もののの出ものがあると聞いたのが、下駄《げた》商天狗屋《てんぐや》の跡だった。

なんでも、聞くと、天狗屋のみのりが門前町を離れる際に居抜きで仲介業に売り渡した見世を、伍吉が買い取ったのだという。

それで、江戸にいた頃足袋屋の職人だった公三が下駄屋を改装して足袋屋雀隠れを出すことに……。

が、元はといえば、柚乃は小間物屋の内儀である。

それで、現在《いま》では、足袋の他にも小間物も扱うようになっていた。

あれから二年と五月《いつつき》……。

どうやら雀隠れは繁盛しているとみえ、現在《いま》では職人の数も増え、こうして小間物の担《にな》い売りも出来るようになっているのである。

柚乃はおりきの問《と》いに、首を傾げた。

「さあ、半々でしょうか……。粋《いき》だという女《ひと》と、気色悪いという女《ひと》がいますからね。では、こうしたらどうでしょう……。お歯黒とかお歯黒壺《つぼ》といったものは、京に行ってみて、要《い》るようならそれから求めればよいのではありませんか？」

「そうですよね。では、そうすることにして、後は……」

「後は化粧水《けしょうすい》、糠袋《ぬかぶくろ》……。鏡台《きょうだい》はどうなさいます？　うちでは扱っていないのですけど……」

「鏡台は後で道具屋を覗いてみます。おきち、これでいいかしら？」

「ええ、充分です」

「そうだわ！　櫛《くし》とか笄《こうがい》、簪《かんざし》、手絡《てがら》、鬢付油《びんつけあぶら》といったものも見せて下さいな」

おりきがそう言うと、柚乃が手代に商品箱の引出を開けるようにと促す。

「笄はやはり鼈甲《べっこう》が宜しいかと……。櫛は黒の金蒔絵《きんまきえ》と赤の金蒔絵に、鼈甲、柘植《つげ》をそれぞれ一本ずつ。簪はこれはもう好みですからね……。お嬢さま、お好きなのを選んで下さいませ」

手代に言われ、おきちが簪を手に取る。

案の定、おきちが真っ先に手を出したのが、花簪《はなかんざし》……。

「おきち、お嫁に行ったら、もう娘ではないのですよ。大店の内儀として恥ずかしくないものを選びなさい」

　おりきに窘《たしな》められ、おきちは迷いながらも金と銀で出来た葵簪《あおいかんざし》と、珊瑚玉《さんごだま》のついた銀の簪を手に取った。

「どちらも上品な中にははんなりしたものがあり、良い簪ですことよ！　そうですね、その二本と、この武蔵野簪《むさしのかんざし》も頂こうかしら？　それに手絡は臙脂《えんじ》、甕《かめ》のぞき、水浅葱《みずあさぎ》、紫、緑と五色……。髪紐《かみひも》もそれに合わせて下さいな」

「へっ、これはまた大量なお買い上げで……。有難うごぜェやす」

　手代が算盤《そろばん》をパチパチと弾《はじ》く。

「女将さん、申し訳ありませんね……。おきちさんが京に嫁がれると聞き、驚いてしまいましたわ。うちからも何か祝いをしなくてはならないと公三と話したのですが、足袋を何足か作らせていただけたらと思いまして……。おきちさん、型紙を起こさなければならないので、後で見世に寄っていただけないかしら？」

　柚乃がおきちに微笑みかける。

「お気持は有難いのですが、柚乃さん、おきちが京に発つのは一廻り後のことなのですよ、とても間に合わないのでは……」

　以前、公三に足袋を作ってもらった際、三廻《みまわ》り（三週間）ほどかかったことを、おりきは思い出したようである。

「あのときは職人がいませんでしたが、現在《いま》は三人ほどいますので、足袋が出来上がるまでの行程を分担してやりますの……。一廻りもあれば充分間に合います。冬用と夏用をそれぞれ数足作らせていただきましょうね」

「まあ、そんなに……。なんだか申し訳ありませんね」

「いえ、そのくらいのことはさせてもらわなければ……。女将さんには大層よくしてもらいましたもの……。門前町に見世を出したばかりの頃は、知り合いといえば田澤屋の旦那さまくらいで、本当にここで商《あきな》いをやっていけるのかと案じていたのですが、女将さんが次々にお客さまを紹介して下さり、そうそう、幾千代《いくちよ》さん……。あの方が芸者衆《げいしゃし》や置屋《おきや》の女将さん、料理屋などに声をかけて下さったものですから、得意先が増えましてね……。ですから、足袋を何足か作らせてもらうくらいのことでお茶を濁してしまうのは心苦しいのですが、気持ばかり受け取って下さいませ」

柚乃が気を兼ねたように言う。

「では、お言葉に甘えて頂戴《ちょうだい》いたしますね。けれども、見世が繁盛しているようで宜しかったですね……。公三さんの足袋は本当に履《は》き心地《ごこち》が良く、足に吸いつくようですのよ。あれだけの腕をお持ちなのですもの、繁盛して当然ですわ」

おりきが柚乃に茶を勧める。

公三は大坂に行くまでは、柳橋《やなぎばし》の福々屋《ふくふくや》という足袋屋の職人だったそうである。

ところが、あるとき福々屋から公三が姿を消した。

なんでも、子供の頃に実の姉のように慕《した》っていた女ごが五丁《ごちょう》（新吉原《しんよしわら》）に売られ、その女ごのことが気懸かりでならなかった公三は、時折、五丁を訪れ花魁道中《おいらんどうちゅう》の列の中に振袖新造《ふりそでしんぞう》となったその女ごを遠目《とおめ》に眺《なが》め、それだけで満足していたのだが、女ごが大坂の小間物屋に身請《みうけ》されたというから、さあ大変……。

と、そんなとき、福々屋の主人《あるじ》から、娘婿《むすめむこ》にならないか、と打診《だしん》され、すっかり恐慌《きょうこう》を来《きた》した公三は、女ごの後を追って大坂へと……。

その女ごというのが柚乃だったのである。

公三は布袋屋に奉公に上がると、十三年もの間、陰からそっと柚乃を支え続けた。

雀隠れが開店したとき、柚乃はおりきに当時のことをこう話してくれた。

「布袋屋の旦那、つまり、あたしの亭主ですが、初めて五丁に脚を踏み入れたとき、花魁に付き添《そ》ったあたしにひと目でぞっこんとなりましてね……。江戸にいるのであれば足繁《あししげ》く通うことも出来ますが、大坂だとそうもいかないというので、商いのために持参していた金を叩《はた》き、あたしを身請すると大坂に連れ帰ったのですよ。あたしは二十二でしたからね。おまけに、双親《ふたおや》とも既にこの世にいませんでしたので、抗《あらが》うことなど出来ません。それで、亭主の言いなり三宝《さんぽう》……。其者上《それしゃ》がりだと世間から後ろ指を指《さ》されないように大店の内儀として振る舞えと言われ、あたしはあの男《ひと》が中気で倒れるまで無我夢中《むがむちゅう》で努めました。けれども、それより何より、あの男《ひと》が寝たきりとなってからが、それは大変で……。ほんの少しでもあたしから目を離すと、若い店衆や客に色目《いろめ》を使うのではなかろうかと、猜疑《さいぎ》からか片時《かたとき》もあたしを傍から離そうとせず、しかも、自在《じざい》に身体を動かせないことに気を苛ってばかりで……。あの男《ひと》が眠りに就《つ》いたときだけが、ほっと息の吐けるときだったのです。公三はそんなあたしに同情してくれたのです。亭主を捨てて自分と一緒に逃げようと何度も言ってくれました。けれども、そんなことをしたのでは病のあの男《ひと》はどうなるのだろうかと思い、結句、踏ん切れないままでいたのです。それが、この正月明け、亭主が息を引き取りまして……。呆気《あっけ》ないほどに静かな亡くなり方でした。あたしはやっと亭主から解放され、気随《きずい》に生きていくことが出来るようになったのです。けれども、これから先、女ご一人が見世を切り盛りしていくのも心細く、しかも、周囲《まわり》の者からあたしと公三の関係を目引き袖《そで》引き噂され、あのまま大坂で商いを続けていくのは無理だと悟《さと》ったのです。江戸に戻ろう、あたしも公三も江戸が故郷なのだから……。そう思い、布袋屋を処分すると、二人して江戸を目指したのです。公三は江戸には苦《にが》い思い出があるようですが、あたしのためなら火の中、水の中と言ってくれましてね。見世を処分した金子《きんす》も残っていますので、当面立行《たちいき》していく分《ぶん》には困りません。けれども、そんなお金は何もしないでいるとすぐになくなりますからね。それに、生き甲斐《がい》を見出《みいだ》すためにも、人は働かなければなりません。公三が足袋屋に戻りたいと言ったときの顔……。今でも忘れることが出来ません。ですから、あたし、公三を支えたいのです。ああ、女将さんに胸の内を聞いてもらえて良かった！　田澤屋の旦那さまがいの一番に女将さんを紹介して下さったのは、このことだったのですね……。女将さんなら、何を聞いてもふわりと包み込んで下さり、力になって下さるだろうということだったのですよ」

柚乃はそう言ったのである。

「柚乃さん、お幸せそうで何よりですわね！」

おりきがそう言うと、柚乃は蕩《とろ》けそうな笑顔を返した。

「ええ、それはもう！」

おきちの嫁入り仕度は着々《ちゃくちゃく》と進み、おりきは金飛脚にて持参金七十五両を京へと送った。

つまり、切餅《きりもち》（二十五両）三個……。

敢えて百両としなかったのは、さして何もしてやらなかった三吉を憚《はばか》ってのことである。

が、おきちを養女としたからには、その程度の持参金を持たせないわけにはいかないだろう。

時の経つのは早く、一廻りなどあっという間で、今日は公三が江戸から品川宿へと戻って来る。

おりきは女将としての午前の務めを終えると、おきちを墓詣《はかまい》りに誘《さそ》った。

「おきち、吉野屋に嫁ぐことになったことを、おとっつァんやおっかさん、おたかにしっかと伝えなさい。京に行ってしまうと、この次、いつ墓参りが出来るか判りませんからね」

「はい」

おきちは墓標《ぼひょう》に向かって、長々と手を合わせた。

中でも、一番長く手を合わせていたのは、姉のおたかの墓標……。

やはり、おきちにとって、おたかは特別の存在だったようである。海とんぼ（漁師）の父親《てておや》が糟喰《かすくらい》（酒飲み）だったばかりに、ろくすっぽう漁に出ないで飲んだくれてばかりで、おまけに、胸を病《や》んだ母親は長患い……。おたかは立場茶屋おりきで茶立女《ちゃたておんな》をしながら、夜は夜で内職仕事をして、幼い弟や妹の面倒を見ていたのである。

が、無理が祟ってかおたかまでが労咳《ろうがい》に罹《かか》り、おきちが十歳の時にこの世を去った。

おきちにはそんな姉の苦労が解っているだけに、済まなかったという想いと、自分が如何に幸せかという想いを伝えたいのであろう。

「姉ちゃん、あたしだけ幸せになってごめんね……。三吉あんちゃんも一人前の絵師となり、琴音さんという優《やさ》しいお嫁さんを貰って幸せだから、安心してね。あたし、姉ちゃんの分まで幸せになってみせる！　これからも見守っていてね……」

おきちは最後の部分を言葉に出して呟き、合わせた手を解《ほど》いた。

「随分長いお詣りでしたこと……」

おりきがそう言うと、おきちは首を振った。

「まだまだ、これでも足りないくらい！　だって、姉ちゃんには話したいことが山ほどもあるんだもの……」

「そうね。おたかはおきちにとって大切な女《ひと》だったのですものね。おたかもきっと草《くさ》葉《ば》の陰で悦んでいることでしょう……。大丈夫！　これからも見守っていてくれますよ」

おきちはおりきを瞠めると、

「あたし……、あたし……、おっかさんにお詫《わ》びとお礼を言わなきゃ……」

と、今にも泣き出しそうに顔を歪めた。

おりきが驚いて、えっ、わたくしに？　と自分を指差す。

久々におっかさんという言葉を聞いたようで、狼狽えてしまったのである。

「お詫びとお礼ですって？　まあ、何かしら……」

「だって、あたし、自分からおっかさんの養女にしてくれと言ったのに、ちっとも良い義娘《むすめ》じゃなかった……。養女になるってことは三代目を継ぐことだと解っていたのに、なんか無理に継がされるみたいに窮屈《きゅうくつ》に思って……。ごめんなさい……。孤児《みなしご》だったあたしを引き取り、大切にして下さったのに、いつの間にかそれが当たり前のように思ってしまい、お礼の一つ言っていなかった……。許して下さい！　何一つ恩返しをしないまま京に行くなんて……。だから、最後に言わせて下さい！　おっかさん、あたし、おっかさんの義娘《むすめ》でいられて幸せだった……。有難うございます。あぁァん、ああァん、どうしよう……。泣かないつもりだったのに……。嫌だァ、あたし……。おっかさんと離れたくない！」

おきちが肩を顫《ふる》わせ、泣きじゃくる。

おりきはそっとおきちを引き寄せた。

「おきち、わたくしもおまえを義娘《むすめ》に持てたことを誇りに思っています……。有難うよ！　いいこと？　京に行けば、良いことばかりではありません。迷ったり、悩んだり、泣くことだってあるかもしれません。そのときは、わたくしの顔を思い出して下さい……。わたくしはいつもおまえのことを思っていますからね。離れていても、心は一つ……。いいですね？」

おきちがおりきの胸の中で、うんうん、と頷く。

妙国寺《みょうこくじ》の墓地の木立《こだち》がさわさわと騒ぎ、ひやりとした風が項《うなじ》を撫でていく。

どうやら、秋も終わりに近づいたようである。

蜜柑
（みかん）

十月も半《なか》ばを過ぎると、朝夕めっきりと冬ざれてくる。

水口《みずぐち》の開く音に、おさわは米を研《と》ぐ手を止め、振り返った。

「ご苦労だったね、寒かっただろう?」

「ああ、今朝はやけに冷え込んだぜ。それもそのはず、初霜《はつしも》が見られたからよ……。で、十一《じゅういち》は? 悪いけど、大八車《だいはちぐるま》から荷を下ろすのに手を貸してくれねえかな?」

鉄平《てっぺい》が掌《てのひら》にハァハァと息を吹きかけながら、板場の中を見廻《みまわ》す。

「それがねえ、今朝はまだ起きてこないんだよ……」

こうめが味噌汁《みそしる》や煮物《にもの》の出汁《だし》を採《と》りながら、ちらと階段に目をやる。

「それがさ、此《こ》の中《じゅう》、十一がどこかしら気怠《けだる》そうにしてただろう? 食欲もないし……。だから、もう少し寝かせてやろう、とこうめちゃんと話してたんだよ……。荷を下ろすのは、あたしが手伝うからさ。それでいいだろ?」

おさわが前垂《まえだ》れで手を拭《ぬぐ》いながら、水口の外に出て行く。

「悪いね! じゃ、おばちゃんに助《す》けてもらおう。なんせ、今日は仕入れが多くてよ……」

鉄平もおさわの後に続き、水口から出て行く。

水口の外に停《と》めた大八車には、鮮魚箱《せんぎょばこ》の他に前栽籠《せんざいかご》や醤油樽《しょうゆだる》、茶箱《ちゃばこ》などがぎっしりと積まれていた。

「今日、仕入れた魚はなんだえ？」

「甘鯛《あまだい》、鯖《さば》、平目《ひらめ》、鰯《いわし》、烏賊《いか》……。それに、貝が馬刀貝《まてがい》、螺《にし》ってとこかな？」

「甘鯛や平目は高かっただろうに……」

おさわが驚いたといったふうに、目をまじくじさせる。

「それがよ、存外《ぞんがい》に安く仕入れられたんだ。まっ、鰯や鯖とは比べものにならねえが……。十一に甘鯛の煮付《につけ》を食わせてやりてェと思ってよ」

まあ……、とおさわが目を細める。

では、鉄平も十一の食が細くなってきたのを案じていたのであろう。

「それはよく気づいておくれだね。いやね、あたしも気を揉《も》んでいたんだよ……。あの暑い夏場をなんとか凌《しの》いでくれたのはいいが、秋口になったらもう少し生気《せいき》を取り戻してくれるかと思っていたのに、案に相違《そうい》して、お十夜《じゅうや》を過ぎたら、またぞろ生気を失っちまったんだもんね……」

おさわが前栽籠を抱《かか》え、ふうと太息《ふといき》を吐《つ》く。

十一を八文屋《はちもんや》に引き取ったのが五月のことで、あれから五月《いつつき》……。

それまで猟師町《りょうしまち》のおくらの許《もと》で厄介者《やっかいもの》扱いにされていた十一には、亀蔵《かめぞう》親分を軸《じく》に、おさわ、鉄平、こうめ、みずき、お初《はつ》が、まるで肉親であるかのように接してくれるのが余程《よほど》嬉しかったのか、見る見るうちに生気を取り戻し、八文屋の仕事も積極的に助《す》けるようになっていたのだった。

が、決して、病《やまい》が恢復《かいふく》したわけではない。

内藤素庵《ないとうそあん》からも、くれぐれも無理をさせてはならないと言われていた。

ところが、十一はおさわが、疲れたら横になって休むように、と口が酸《す》っぱくなるほど言っても、言うことを聞こうとしない。

「大丈夫《でえじょうぶ》、疲れてなんていねえから……。おばちゃんこそ、一日中動きっ放しじゃねえか……。おいらが助けるから、少し休んでくれよ」

「莫迦《ばか》だね！　おばちゃんが何十年この仕事をしてきたと思う？　あたしはさァ、動いていないと身体《からだ》が鈍《なま》っちまって、それこそ、病に罹《かか》っちまうんだからさ！」

「ふゥん……。でも、おいら、本当に大丈夫《でえじょうぶ》だから……」

そうして、十一は自《みずか》ら率先《そっせん》して動こうとするのだった。

とは言え、徐々《じょじょ》に身体が弱ってきていることは、目に見えて判《わか》る。

それでも暑い盛りは懸命《けんめい》に食べようと努《つと》めていたのだが、秋の声を聞いた途端《とたん》、極《きょく》端《たん》に食が細くなってしまったのである。

ご飯《はん》などほんのひと箸《はし》口をつける程度で、お菜《さい》に至《いた》っては箸をつけるのも億劫《おっくう》そうな様子で、やっと、お汁《つゆ》を飲み干《ほ》すだけ……。

そんな十一が三日前、イトヨリの焼物《やきもの》を半身《はんみ》口にしたのを見て、鉄平は白身魚《しろみざかな》なら少しは食べられるのではなかろうかと考えたようである。

「鉄平、気を遣《つか》わせて済まなかったね」

おさわがそう言うと、鉄平は照れ臭《くさ》そうに、なんの！　と笑った。

「おばちゃんが礼を言うことじゃねえ……。十一は皆で世話をしようということになったんだからよ！」

「まっ、それはそうなんだけど、十一を引き取りたいと言い出したのは、あたしだからさ……」

その会話が耳に入ったのか、こうめが声をかけてくる。

「なんだえ、おばちゃんったら、口を開けば済まないの一点張《いってんば》り！　十一はもう八文屋の仲間なんだよ。あたしたちが気を遣って当然じゃないか……」

「そうだったね……。はいはい、解《わか》りましたよ。じゃ、鉄平、魚を捌《さば》いておくれ！　さあ、これから急いで朝餉《あさげ》の仕度《したく》や仕込みにかからなくっちゃ……。おや、よい根芹《ねぜり》だこと！　まっ、独活《うど》も蓮根《れんこん》も小松菜《こまつな》も……。小松菜は胡桃和《くるみあ》えにしてみようかね。芹《せり》はお浸《ひた》しの他に玉子綴《たまごと》じ。蓮根は煮染《にしめ》ときんぴら……。牛蒡《ごぼう》と違ってシャキシャキ感が増すからさ！」

おさわは野菜を洗い場に運ぶと、早速《さっそく》、お菜作りに……。

「蜆《しじみ》売りがまだ来ないんだけど、あたしたちの味噌汁の具《ぐ》はなんにする？　若布《わかめ》と大《だい》根《こん》でいいかしら？」

こうめが朝餉の味噌汁の具を訊《たず》ねる。

「ああ、それでいいよ。そうだね、十一の味噌汁にだけ卵を落としてやっておくれ」

「十一のだけ？　それでは、みずきやお初から苦情《くじょう》が出るんじゃ……」

「だったら、みずきちゃんやお初ちゃんのにも入れてやるんだね」

「ええエ！　勿体《もったい》ない……」

「いいじゃないか、たまには奮発《ふんぱつ》してやっても……。十一は病だから特別といったって、子供にはそんな理屈は通らないからさ……。依怙贔屓《えこひいき》されたと拗《す》ねられるより、大盤振《おおばんぶ》る舞《ま》いしたほうがいいってもんだ！」

おさわが気《き》っ風《ぷ》のよいところを見せる。

こうめが勿体ぶるのも無理はない。

何しろ、卵一個が二十文と高直《こうじき》で、一人に一個の卵は贅沢《ぜいたく》といってもよいからである。

「まっ、たまにはいいか……。けど、卵ってなんであんなに高いんだろう！　うちみたいに一品八文で商《あきな》いをする見世《みせ》は、卵の高さには、ホント、頭にきちゃう！」

こうめは憎体《にくてい》にそう言うと、大根をトントンと短冊《たんざく》切りに切っていった。

「おばちゃん、甘鯛の煮付を朝餉につける？　それとも夕餉《ゆうげ》に回すかえ？」

鉄平に訊《き》かれ、おさわが首を傾《かし》げる。

「味噌汁に卵を落とすわけだし、そうだね、甘鯛は夕餉に回したらいいよ」

そこに、みずきが、おっはよ！　と板場に顔を覗《のぞ》かせる。

「おはようさん！　お初は？　もう目を醒《さ》ましたかえ？」

「うん。じっちゃんが相手をしてる」

「じゃ、早く顔を洗っちまいな！　もうすぐ朝餉だから……」

こうめに言われ、みずきが洗面桶《せんめんおけ》と房楊枝《ふさようじ》、手拭《てぬぐい》を手に水口から井戸端《いどばた》へと出て行く。

亀蔵がお初の手を引き、板場に下りて来ると、みずきは？　と訊ねる。

「ああ、井戸端に出て行ったよ。義兄《にい》さん、十一の様子を見てきておくれよ」

「なに？　十一、まだ寝てるのか……」

「この頃《ごろ》うち、気怠そうにしてただろ？　それで、ぎりぎりまで寝かせてやろうということにしたのさ……。けど、朝餉は皆が揃《そろ》って食べたほうがいいからさ！」

「そうか。じゃ、ちょいと部屋を覗いてみようか……」

亀蔵が二階へと上がって行く。

「さっ、目刺《めざ》しが焼けたぜ！」

「味噌汁も出来たし、じゃ、そろそろ朝餉にしようか！」

こうめがそう呟《つぶや》き、あっとおさわを見る。

「どうしよう……。十一やみずきたちの味噌汁にだけ卵が入っていて、義兄《にい》さんのには入っていないんだもの……」

「いいってことさ！　親分は大人だもの。そんなちまちましたことで臍《へそ》を曲《ま》げたりはしないだろうからさ」

おさわがそう言うと、こうめが大仰《おおぎょう》に手を振ってみせる。

「それが甘いっていうのさ！　義兄《にい》さんさァ、食い意地にかけては人一倍でさ……。

相手が子供であろうと、肝精《きもせい》を焼くんだもんね。現在《いま》からでも、義兄《にい》さんのにも卵を入れようか？」

おさわは苦笑《くしょう》した。

こうめが言うように、大概《たいがい》のことには鷹揚《おうよう》な亀蔵が、こと食い物にかけては、人が変わったかのように貪欲《どんよく》になることを思い出したのである。

「親分の味噌汁にも卵を入れてあげておくれ……。いいじゃないか、卵一つのことで機嫌《きげん》よくお務《つと》めが出来るんだからさ！」

「おォい、おさわ！　ちょいと来てくれ。十一の様子が妙《みょう》なんだ！」

二階から亀蔵が鳴り立てる。

あっと、おさわの顔から色が失《う》せる。

おさわは挙措《きよそ》を失い、階段を駆け上って行った。


十一は紅《あか》い顔をして、喘《あえ》いでいた。

「十一、おまえ、熱が出たんだね！」

おさわが十一の額に手を当て、眉根《まゆね》を寄せる。

「親分、こうめに冷たい水を張った盥《たらい》と手拭を持って来るように言って下さいな！　それから、鉄平を素庵さまのところに走らせ、素庵さまか代脈《だいみやく》（助手）に往診《おうしん》を願うように言っておくれ！　ああ、どうしよう……。そうだ、熱冷ましを飲ませなきゃ！　ああ、でも、万能灸代《まんのうきゆうだい》しか置いていない……。何にでも効《き》くというけど、あれって、本当に効くんだろうか……。親分、何をボケッと突っ立ってるんですか！　ああ、もういい、あたしが行くから……」

おさわは気を苛《いら》ったように足音も高く階段を駆け下りたが、亀蔵が後に続こうとする気配《けはい》にはっと振り返るや、甲張《かんば》った声で鳴り立てる。

「親分はあたしが戻るまで、十一の傍《そば》についていてやって下さいよ！」

亀蔵はとほんとした顔をした。

「なんでェ、こうめや鉄平に伝えて来いと言ったくせして、今度は、二階にいろだとよ……。こう、言うことがころころと変わったんじゃ、やってられねえや……」

が、考えてみれば、おさわが動転するのも無理はなかった。

診療所《しんりようじよ》では執拗《しつよう》なまでに引かなかった十一の微熱《びねつ》が八文屋に移ってからは発熱しなくなっていて、この頃うち、やれ、とひと息吐いていたのであるから……。

素庵からも、微熱の間はまだよいが、この次高熱を出したら、かなり重篤《じゅうとく》な状態と思わなければならないだろうと言われていた。

恐らく、おさわはその言葉を思い出し、肝《きも》を冷やしたに違いない。

八文屋に浅蜊《あさり》を売りに来た十一が水口で倒れ、慌てて南本宿《みなみほんしゅく》の素庵の診療所に運び込んだのが、五月の初めのこと……。

あのとき、素庵は十一を診察して、おさわにこう言ったという。

「オランダの医学書によれば白血病《はっけつびょう》というらしい。つまり、骨髄《こつずい》の中で白血球が異常に増殖《ぞうしょく》し正常な血液細胞が作れず、そのために赤血球が減少して貧血を起こしてみたり、また白血球の減少により免疫力《めんえきりょく》の低下、血小板《けっしょうばん》の減少により出血、口内炎《こうないえん》を引き起こす……。あの男の場合、貧血、発熱、倦怠感《けんたいかん》、口内炎と非常に症状が似ているのよ。仮に、あの男がこの病だとすれば、残念ながら不治《ふち》の病と見てよいだろう……」

そして素庵は、どうすればよいのかと訊ねたおさわに、こう続けた。

「せいぜい四虚《しきょ》（血液成分の不足）に対応する十全大補湯《じゅうぜんたいほとう》の処方、滋養強壮《じようきょうそう》として小《しょう》建中湯《けんちゅうとう》、補中益気湯《ほちゅうえっきとう》を処方する以外にはないのだが、極力《きょくりょく》、疲《つか》れさせないように身体を休ませることだ」

そして、血液成分の不足を補《おぎな》うために、鶏《にわとり》の肝、法蓮草《ほうれんそう》、人参《にんじん》、山芋《やまいも》といったものを摂《と》るようにと諭《さと》し、薬料《やくりよう》（治療費）のことはさほど気にすることはないと言ってくれたのである。
当初、おさわは日に一度は滋養のあるお菜を診療所まで届け十一の看病をしていた
のだが、少し容態《ようだい》が落着けば病室から出し、通常の暮らしをさせたほうがよいのでは
……、というおりきの進言《しんげん》に耳を傾《かたむ》け、十一を八文屋に連れ帰ることにしたのである。
と言うのも、養《やしな》い親のおくらが病の十一を引き取ることを拒絶《きよぜつ》し、十一には帰る場
所がどこにもなくなってしまったからである……。
当初、おさわは八文屋の近くに裏店《うらだな》でも借りて、そこに十一を住まわせようかと思
ったという。
だが、そうなると、おさわが八文屋と裏店を行き来しなければならなくなり、それ
では、十一が診療所にいたときとさして違わない。
そこで、おさわは十一を八文屋に引き取り、自分の部屋で寝かせたい、と亀蔵たち
に頭を下げることに……。
無論《むろん》、亀蔵たちにも異存《いぞん》はなかった。
十一はおさわから八文屋で一緒に暮らそうと言われ、狐《きつね》につままれたような顔をし
た。

「けど、あそこには親分もいるんだろ？」

「ああ、いるよ……。親分もおまえの身の振り方を気にしていたから、うちで一緒に暮らすと聞けば、きっと悦《よろこ》ぶと思うんだ！　それにね、おまえはまだ逢《あ》ったことがないけど、みずきって娘《こ》がいてね。鉄平とこうめの娘でお初の姉さんなんだが、今年十歳になるんだけど、これがませてててね！　昼間はあすなろ園ってところに通って留守だけど、夕方になれば戻って来る……。みずきとお喋《しゃべ》りするだけで、くさくさした気分が一掃《いっそう》されるってもんだ……。素庵さまもね、決して無理は出来ないが、そろそろ普段の暮らしに戻っていいと言われたんだよ」

十一は涙を流して悦んだ。

「おいら、嬉しくって……」

「莫迦だね、泣くことはないじゃないか……」

「だって、おいらのことを待っていてくれる者がいると思うと……。これまではいつも邪魔者《じゃまもの》扱いされ、穀潰《ごくつぶ》しだの木偶《でく》の坊《ぼう》と罵《ののし》られてたおいらを……。それで、おいら、おいら……」

あとはもう言葉にならなかった。

おさわは十一の身体をぐいと引き寄せ、抱き締《し》めた。

「もう大丈夫だ！　おまえはあたしの大切な息子……。おばちゃんね、死んだ息子がおまえに姿を変えて戻って来てくれたように思ってるんだよ。有難《ありがと》うよ！　あたしにもう一度おっかさんをやらせてくれて……」

「おっかさん？　おばちゃんのことをおっかさんと呼んでもいいの？」

「ああ、いいともさ！」

「おいら、一度でいいから、おっかさんって言葉を口にしたかったんだ……」

「おくらさんにはそう呼ばせてもらえなかったんだね？」

「一度だけ、俊《しゅん》ちゃんにつられて、おっかさん、と呼んだことがあるんだけど、あたしはおまえのおっかさんじゃない！　と怒鳴られて……。それからは一度も、おっかさんって言葉を口にしたことがないんだ」

十一は寂《さみ》しそうな顔をした。

おさわは、これからは甘えたいだけ甘えていい、さあ、おっかさんと呼んでごらん、と言った。

「おっかさん！　おっかさん、あァん、あァん、あァん……」

十一はおさわの胸の中で、激しく肩を顫《ふる》わせた。

おさわからその話を聞いた亀蔵は、鼻腔《びこう》につゥんと熱いものが衝《つ》き上げてくるのを感じ、慌《あわ》ててしまったのを現在《いま》でもはっきりと憶《おぼ》えている。

亀蔵には、おさわが恐慌《きようこう》を来《きた》しているのが手に取るように解った。

恐らく、おさわにとって、この五月《いつつき》は至福《しふく》のときだったのであろう。

「十一、出汁《だし》巻玉子《まきたまご》をもっとお食べ！　そうだ、明日は鉄平おじちゃんに鰻《うなぎ》を仕入れてもらおうか？　蒲焼《かばやき》にして食べると美味《うま》いからさ！　鶏の肝がいいってことは、鰻の肝もきっといいに決まってる……。肝吸《きもすい》をつけようね？」

そう言い、おさわは蕩《とろ》けそうな目で十一を瞠《みつ》めるのだった。

そして、板場で見世《みせ》のお菜を作りながらも、時折洗い物をする十一に目をやり、

「十一、無理するんじゃないよ。疲れたら横になって休むんだよ！　そのために、二階に寝床を敷《し》きっぱなしにしてるんだからさ」

と、気遣《きづか》わしそうに声をかける。

ところが、八文屋に来てからというもの、日中、十一は横になって休もうとしない。

恐らく、病の身で引き取ってもらったことで、皆に気を兼ねているのであろうが、それがまた、おさわには気懸《きが》かりの種《たね》……。

正《まさ》な話、一時《いつとき》は顔色が良くなってきたかに見えた十一が、日毎《ひごと》に食欲が衰《おとろ》え、暑い盛りを過ぎた頃には、どこかしら動きが緩慢《かんまん》になってきたように思えるのである。

「おまえ、身体が怠《だる》いんじゃないだろうね？　ここはいいから、二階に上がって休んでおいで……。昼の書き入れ時が過ぎたら、夕方まで暇《ひま》なんだからさ……。おまえの中食《ちゅうじき》は二階に運んでやろうか？　それとも、おばちゃんも二階で食べたほうがいいかえ？」

「ううん、皆と一緒に食べる……」

「そうかえ……。皆と一緒のほうが美味《おい》しいもんね」

そうして、十一は三食とも食間《しょくま》で他の者と一緒に摂るのだが、ご飯にもお菜にも二口ほど箸をつけるだけで、そこからぴたりと動きが止まってしまうのだった。

おさわは気遣わしそうにそんな十一を眺《なが》めているが、無理して食べろとは強要《きょうよう》しない。

無理して食べることほど辛《つら》いものはないと知っていたからである。

それで、見た目にも食が進むようにと、極力、あの手この手と盛りつけに気を遣っているのだが、十一は一瞬《いっしゅん》目を輝《かがや》かせてはみるものの、相も変わらず二口か三口……。

「ごめんね、おっかさん……。おいら、食べたくてしょうがねえのに、二口ほど口に入れると、お腹《なか》が膨《ふく》れたような気がして……」

十一は食事の度《たび》に気を兼ね、肩を丸めて鼠鳴《ねずみな》きするように謝った。

ああ……、とおさわは肩息《かたいき》を吐いた。

素庵から聞いていたが、紛《まぎ》れもなく白血病の症状の顕《あらわ》れ……。

動悸《どうき》、息切れ、目眩《めまい》、倦怠感、体重減少、腹部膨満感《ぼうまんかん》、骨や関節の痛み、吐き気、嘔吐《おうと》……。

おさわが十一に無理して食べろと強要しないのは、吐き気や嘔吐を案じたからである。

これまでも、次第に弱っていく十一を見て、おさわは胸のうちでは不安で堪《たま》らなかったのであろうが、遂《つい》に高熱を発そうとは……。

亀蔵は十一の枕許《まくらもと》に坐《すわ》り込むと、額に手を当てようとして、おやっと十一の首に目を留《と》めた。

なんだよ、これは……。

亀蔵は屈《かが》み込むようにして首筋に目を近づけ、あっと息を呑《の》んだ。

右の首筋に青痣《あおあざ》が出来ているのである。

どうしてこんなところに青痣が……。

「おっ、おさわ、こいつを見てみな！」

亀蔵が盥や薬を運んで来たおさわに声をかける。

おさわは枕許に盥を置くと、どれと十一を覗き込み、あっと声を上げた。

「痣になってるじゃないか……。どうしてこんなことに……」

そう呟くと、十一の額に手を当て、そっと浴衣《ゆかた》の襟《えり》を捲《めく》ってみる。

痣は首から肩にかけて出来ていた。

「誰かに打《ぶ》たれたのだろうか……」

「まさか……。第一《でえいち》、十一が一人で外を出歩くことはねえし、うちの者にそんなことをする奴はいねえ！」

亀蔵が苦虫《にがむし》を嚙《か》み潰《つぶ》したような顔をする。

「そりゃそうだよね。だったら、転んだとか、何かにぶつかった……。それとも、何かが首から肩に向けて落ちてきたとか……」

「十一に訊《き》けば判ることだが、こんな調子じゃ、訊くに訊けねえからよ」

あっと、おさわは亀蔵を見た。

「あたし、素庵さまから聞いたような気が……。この病って、何かにつけて出血しやすくなるんですって……。鼻血であったり、歯茎《はぐき》であったり、そう、ほんの少し何かにぶつかっただけで皮膚の内側で出血すると……。ああ、きっと、これも病の症状なんだ。可哀相《かわいそう》に、十一……。十一、十一、目を開けておくれ！　さっ、薬を飲もうね？　こんな薬、気休めかもしれないが、素庵さまに診《み》てもらうまでの一時凌《いちじしの》ぎだ。親分、十一の頭を抱《かか》え起こしておくれよ。あたしが薬を飲ませるからさ……」

亀蔵が十一の頭を抱え起こし、おさわが吸呑《すいのみ》に溶《と》かした薬を飲ませる。

「そう、いい子だ。すぐに素庵さまが来て下さるからね。それまで辛抱《しんぼう》するんだよ！」

おさわが十一の口許《くちもと》を手拭で拭ってやる。

十一は微《かす》かに目を開けた。

「おっか……。おっか……」

「なんだえ？　大丈夫、おっかさんがついているからね。さっ、横になろうね」

再び、十一が蒲団《ふとん》に横たわる。

「お、おっかさん……」

「うん？　なんだい……。ずっと傍にいてやるから安心しな」

おさわが十一の胸をポンポンと軽く叩《たた》く。

「おっ、おさわ、ずっと傍についてるといっても、見世はどうするのよ」

亀蔵が訝《いぶか》しそうにおさわを見る。

「鉄平さんとこうめちゃんに無理を言ったんだよ……。とても十一を放っておけないので、今日は八文屋の仕事を休ませてもらいたいって……。二人とも解ってくれたよ。十一が生死の境《さかい》を彷徨《さまよ》っているのに、誰も傍についていないなんて考えられないって……。あたしが抜けると板場も見世も大変だろうけど、せめて、陸郎《りくろう》にしてやれなかったことを十一にしてやりたくてね……」

おさわの声は涙声である。

一人息子の陸郎が川口屋《かわぐちや》の養子に入り御家人株《ごけにんかぶ》を買ってもらい、その時点で、母子《おやこ》の縁が切れてしまったおさわである。

陸郎が病に倒れたときにも見舞《みま》いに行けず、死に目にも逢わせてもらえなかったばかりか、墓に詣《まい》るのでさえ息子の嫁三千世《みちよ》に気を兼ねなければならないおさわは、看病のひとつ出来なかったことが心残りでならない。

だからこそ、おさわの傍を離れた頃の陸郎を彷彿《ほうふつ》させる十一に、つい肩入《かたい》れしてしまうのであろう。

陸郎にしてやれなかったことを、せめて、十一に……。

おさわはそんな想《おも》いで、この五月《いつつき》を過ごしてきたのである。

病が病だけに、いつかは別れの秋《とき》がやってくると解っていて、あと一日、あと一日……、とそんな想いで今日まで来たが、医者でないおさわにも、十一の生命《いのち》がもうあまり永《なが》くはないと解っていた。

「よし、解った！　おさわ、思い残すことがねえように、十一の傍についてやれ……。なに、見世のこたァ心配《しんぺえ》することはねえ！　おめえが小石川《こいしかわ》に行って、ここを留守にした九月《くつき》ほど、鉄平とこうめの二人で板場と見世を切り盛りしてたんだからよ……。それに、現在《いま》は婆《ばあ》やもいることだし、お初が昼寝している間、婆やが洗い物や何かと手を貸してくれるだろうからよ……。いいかァ、おさわは十一のことだけを考えてりゃいいんだ！　じゃ、俺《おり》ャ、朝餉を食って、みずきをあすなろ園まで送ってからお務めに廻《まわ》るからよ」

亀蔵がおさわに目まじして、階段を下りて行く。

「義兄《にい》さん、十一の具合はどう？」

食間に入ると、こうめが声をかけてくる。

亀蔵は蕗味噌《ふきみそ》を嘗《な》めたような顔をして、首を振った。

「良かァねえ……。もう永くはねえだろうな」

「そう……。可哀相に……。で、おばちゃんはどうしてる？」

「どうもこうもねえや……。十一の手を握り締めて、口の中で念仏《ねんぶつ》を唱《とな》えてらァ……。まっ、看病といったってよ、素庵さまにもどうすることも出来ねえのに、おさわや俺たちに何が出来るっていうのよ……。と言っても、傍についていてやるだけで十一の気が安まるってもんでェ……。おっ、早《はえ》ェとこ、飯にしてくれよ」

「あたしはもう食べたよ！」

「あたちも！」

みずきとお初が手を挙《あ》げる。

「そうか、そうか、もう食ったか……。みずき、今朝はじっちゃんがあすなろ園まで送って行ってやっからよ！」

「おとっつァんは？」

「おとっつァんか……。おとっつァんは現在《いま》素庵さまを呼びに行ってるからよ」

「十一あんちゃん、病気なの？」

みずきがやけに神妙《しんみょう》な顔をして訊ねる。

「ああ……」

「死ぬの？」

「…………」

亀蔵にはなんと答えてよいのか解らない。

「これっ！　みずき、滅多《めった》なことを言うもんじゃないの」

こうめが慌ててみずきを睨《ね》めつける。

「だって、おばちゃんがずっと傍についてるってことは、十一あんちゃんが死にかけてるからでしょう？」

「ああ、確かに容態《ようでえ》は良かァねえ……。だがよ、十一に死なれちゃ困るから、おばちゃんが傍についていて看病してるんだ。だから、口が裂《さ》けても、おばちゃんの前《めえ》でそんなことを言うんじゃねえぜ！　解ったな？」

日頃、爺莫迦《じじばか》の亀蔵はみずきに対しては決して声を荒らげたことがない。

みずきは何故《なぜ》叱《しか》られなければならないのか解らないとみえ、不服そうに唇《くちびる》を窄《つぼ》めた。

「はい、お汁《つゆ》とご飯だよ。早く食べて、みずきを送ってっておくれよ」

こうめが気を利《き》かせ、割って入る。

亀蔵はご飯の上に味噌汁をざっとかけると、さらさらと啜《すす》った。

「お行儀の悪い！　そんな食べ方をするもんじゃないよ。そんなのは、猫飯《ねこめし》っていうんだからね！」

みずきが亀蔵を窘《たしな》める。

「こうするほうが、早く食えるんだよ」

亀蔵はみずきに窘められようが平気平左衛門《へいきへいざえもん》で、汁かけご飯を掻《か》き込んだ。

そして食べ終えると、みずきを見据《みす》え釘《くぎ》を刺す。

「けど、みずきは決して真似《まね》しちゃなんねえからよ！」

「するわけがない！　だって、貞乃《さだの》先生に叱られるもの……。三つ子の魂《たましい》百までといってね、子供の頃に身に着《つ》けた悪い習慣は、大人になっても直らないって……。みずき、はしたない大人にだけはなりたくないもん！」

こうめがぷっと噴《ふ》き出す。

「義兄《にい》さん、みずきに一本取られたね！」

亀蔵がバツの悪そうな顔をする。

みずきも年が明けると、はや十一歳……。

子供だと思って高を括《くく》り、みずきの前で莫迦な真似は出来ないということなのであろう。

亀蔵はみずきの成長が嬉しいような、心寂《うらざみ》しいような、なんだか複雑な気持であった。

「さあ、食った、食った！　おっ、みずき、出掛けようぜ」

亀蔵が立ち上がると、こうめに目を据《す》える。

「おさわのことだがよ。暫《しば》く見世を休ませてやんな。鉄平と二人でなんとか見世を廻《まわ》せるだろ？」

「うん、解ってるよ。先《せん》にも、うちの男《ひと》と二人きりだったことがあるから、大丈夫！　おばちゃんにはやりたいようにやってもらうつもりだよ……」

「そうけえ……。解ってりゃいいんだ、解ってりゃな」

亀蔵はにっと笑ってみせると、みずきと手を繋《つな》ぎ、板場へと下りて行った。


素庵は十一の診察を終えると、おさわに廊下《ろうか》に出るようにと目まじした。

「素庵さま、十一はもう駄目なのでしょうか？」

おさわが恐《おそ》る恐る素庵を窺《うかが》う。

「残念だが、ここまで衰弱が激しく、熱が高いのでは、もう永くはないだろう……。心の準備をしておいたほうがよい」

「……」

「せめて、熱が下がってくれればな……。熱冷ましを出しておくが、心《しん》の臓《ぞう》もかなり弱っているようだ。まっ、ここ一両日《いちりょうじつ》は保《も》つかもしれないが、その先は望めないだろうて……。おさわ、十一を診療所に連れて行こうか？　病室のほうがよければ、後で代脈たちに運ばせるが……」

「素庵さまは十一を診療所に連れて行ったほうが、助かる見込みがあると言われるので？」

「いや、気の毒だが、もう為《な》す術《すべ》がない……。薬を飲ませることくらいしか出来ないのでな」

「それは、ここでも出来るってことですよね？　だったら、十一はここであたしが看病します。ここなら、あたしがずっと傍についていてやれますので……」

素庵は暫《しば》し考え、頷《うなず》いた。

「そのほうがよいだろうな……。では、日に一度、わたしが顔を出すことにしよう。おさわ、気を強く持て！　この五月《いつつき》、十一もおさわの傍にいられて幸せだっただろうよ……。実の親でも、おまえのように親身《しんみ》になって子の世話が出来るものではないからよ。おさわの気持はちゃんと十一の胸に届いているだろうよ」

素庵はおさわを犒《ねぎら》うと、用意してきた麻黄附子細辛湯《まおうぶしさいしんとう》を手渡した。

「桂枝湯《けいしとう》と柴胡桂枝湯《さいこけいしとう》も用意してきたが、十一にはこれが一番よさそうだ……。それから、これは民間療法なのだが、蓮根を皮ごと摺《す》り下ろし、その絞《しぼ》り汁に蜂蜜《はちみつ》と生姜《しょうが》の絞り汁、白湯《さゆ》を混ぜ合わせて飲ませると、発汗作用《はっかんさよう》があるという。そして、竹瀝《ちくれき》……。つまり、竹筒《たけづつ》を火に焙《あぶ》った際、切り口から滴《したた》る油のことなのだが、これを飲ませると解熱を促《うなが》すというのだが、どうだ、やってみるか？」

「竹瀝……。へえエ、竹の切り口から出る油のことなんですか。ええ、やってみます。この際だもの、せめて熱が下がれば、十一も少しは楽になれるでしょうからね」

素庵は微苦笑《びくしょう》した。

恐らく、何をしようと既《すで》に手後《てお》れだが、熱に喘ぐ十一を指を銜《くわ》えて眺めているよりも、たとえそれが民間療法であれ、やらないよりやってみるのもよいだろう、と素庵はそんなふうに思っているのであろう。

素庵を見送ると、おさわは板場に駆け込んだ。

「鉄平さん、今朝、蓮根を仕入れただろ？　あれを使わせてもらうよ。あっ、それから、蜂蜜は……。確か、まだ残っていたよね？」

鰯の梅煮《うめに》を煮付けていた鉄平が、驚いたようにおさわを見る。

「残ってるけど、一体《いってえ》、何に使うんで？」

「素庵さまから聞いたんだけど、蓮根を摺り下ろし、絞り汁に蜂蜜と生姜の絞り汁と白湯を混ぜて飲ませると、発汗作用があるんだって！　あっ、それから、竹筒はなかったっけ？」

「竹筒？　素麵《そうめん》の器《うつわ》にする竹筒ならあるけど……」

「ああ、それでいい！　燃やしちゃっていいかえ？」

「燃やすって、なんでまた……」

鉄平はとほんとした顔をした。

こうめも訝しそうな顔をして、寄って来る。

「おばちゃん、頭がおかしくなったんじゃないかえ？」

「いえね、これも素庵さまから聞いたんだけどさ、竹《ちく》……、竹……、嫌《いや》だ、なんだったっけ？　とにかく、竹の切り口を火で焙り、切り口から滴る油を十一に飲ませるといいんだってさ！」

「竹から出る油ですって？　そんなものが本当に効くのかしら……」

こうめが信じられないといった顔をする。

「効こうが効くまいが、とにかく、やってみるつもりだよ。だって、素庵さまが言うんだもの……。これが他の人から出た言葉なら、あたしだって信じはしないさ。だからさ、早く竹筒を出しておくれよ！」

　おさわが気を苛ったように言う。

「竹筒、竹筒ねえ……。さて、どこに仕舞《しま》っちまっただろうか……。素麺の季節が終わり、当分使うことはねえと……。そうだ、納戸《なんど》に仕舞ってたんだ！」

　鉄平が納戸に入って行く。

「一つでいいのか？」

「ああ、一つでいいよ。悪いね、商売道具なのに……」

　おさわは気を兼ねたように言うと、前栽籠の中から仕入れたばかりの蓮根を取り出し、さっと洗って卸《おろ》し金で下ろす。

　瑞々《みずみず》しい蓮根は水分をたっぷりと含んでいて、片口鉢《かたくちばち》半分ほどに……。

　更《さら》に、それを晒《さら》し木綿《もめん》に包むと、もう一つの片口鉢に絞り汁を採る。

「生姜は、生姜はっと……」

　続いて、蓮根と同じ要領《ようりょう》で生姜汁を絞る。

「はい、竹筒……。で、どこでこれを焙るつもりなんだい？」

　納戸から戻って来た鉄平が、おさわに竹筒を手渡す。

「板場の中じゃ拙《まず》いだろうから、七輪《しちりん》を水口の外に出して、そこで焙るよ」

「じゃ、そいつは俺がやろう」

「だって、仕込みの途中なんだろう?」

「鰯の梅煮はもう作ったたし、煮染はこうめに委《まか》せるからいいよ。おばちゃんは蓮根のほうを続けるといい」

鉄平はそう言うと、七輪に竈《へっつい》の火を移し、水口の外へと出て行った。

おさわは蓮根と生姜の絞り汁を合わせ、蜂蜜と白湯を混ぜると、ちょいと指先につけて味見《あじみ》した。

「へえェ、不味《まず》いかと思っていたけど、なかなかイケるじゃないか! 蜂蜜のお陰《かげ》だね」

こうめも寄って来る。

「あたしにも味見させてよ! ホントだ! これなら飲みやすい……。おばちゃん、これを十一に飲ませるにしても、竹の油を飲ませた後のほうがいいよ。だって、想像しただけで、竹から出る油って不味そうなんだもの……」

おさわもわざとらしく顔を顰《しか》めてみせる。

「竹から出る油って、どんな味がするんだろう……。こうめちゃんの言うとおりだ。先に油を飲ませ、その後から、これを飲ませるべきだね。さあって、どんな油が採れるのか……」

おさわが水口の外に出て行くと、鉄平が竹筒を七輪の火で焙っているところだった。

「おばちゃん、湯呑《ゆのみ》を持って、油を受けてくれねえかな？　とても、一人で出来る芸当じゃねえからよ」

「あいよ」

おさわは湯呑を手に、鉄平の傍に寄って行った。

「さっ、湯呑を！」

「へえェ……、出てる、出てる！　けど、ほんの少ししか出ないもんなんだね？」

「こんなものだろう？　こんなにどろりとした油を大量に飲めるもんじゃねえからよ」

「そう言えばそうだね。有難うよ！　じゃ、早速《さっそく》、飲ませてこよう」

おさわは湯呑を片手に、もう片方の手に蓮根の絞り汁を持ち、二階へと上がって行った。

十一は先程飲ませた麻黄附子細辛湯が効いてきたのか、幾分《いくぶん》、呼吸が楽そうになっていた。

おさわは十一の上半身を抱え起こすと、

「十一、早く熱が下がるように竹なんとかという油と、蓮根の絞り汁を飲もうね？」

と耳許《みみもと》に囁《ささや》きかけた。

「ほら、竹の油だよ……。飲みにくいかもしれないが、一気にお飲み。後で、甘い蓮根の絞り汁を飲ませてやるからさ」

十一がうっすらと目を開ける。

「いいね？　一気だよ。ほら……」

十一が竹瀝を口にして、顔を顰める。

「ああ、苦《にが》かったんだね……。ごめんよ。じゃ、次は蓮根汁だ。大丈夫、おばちゃん、いや、おっかさんが味見しておいたから……。蜂蜜をたっぷりと入れておいたから、甘いよ！」

十一が蓮根の絞り汁を口に含む。

「どうだえ、甘いだろ？　ほら、ごっくん……。もう少し、全部飲んでしまうんだ。そう、いい子だね」

蓮根の絞り汁は飲みやすかったとみえ、十一は全部飲み干した。

「さあ、もう一度横になろうね……。暫くしたら汗が出て来るだろうから、そしたら、身体を拭《ふ》いて浴衣を着替えさせてやるからね。その前に、オシッコをしちゃおうか？」

おさわが蒲団を捲り、さっ、身体を横向きにしな、と言い、溲瓶《しびん》を差し込む。診療所の病室にいた頃は恥《は》ずかしがっていた十一も、現在《いま》では、おさわにだけは気を許している。

「おまえね、動けない病人が便器や溲瓶で用を足《た》すのは当たり前なんだ。恥《はじ》だなんて思うことはない！　このおばちゃんだって、病になれば他人《ひと》に手を貸してもらうことになるんだからさ……」

十一はおさわのその言葉に、やっと心を開いたようで、素直に従うようになったのである。

が、やはり、他人《ひと》に手を借りて排泄《はいせつ》するのは辛《つら》かったようで、一人で厠《かわや》に行けるようになったときの十一の嬉しそうな顔……。

しかも、八文屋に来てからは、下働きまで熟《こな》せるようになっていたのである。

それなのに、再び、病臥《びょうが》しなければならなくなったとは……。

十一は余程《よほど》我慢をしていたのか、溲瓶がほぼ一杯になるほど放尿《ほうにょう》した。

「良く出た、良く出た！　じゃ、おっかさんはオシッコの始末をしてくるから、眠るといいよ」

おさわは蒲団を直してやると、十一に微笑《ほほえ》みかけた。

「まあ、十一さんの容態が……。それは危篤《きとく》ということなのですか？」

亀蔵から話を聞いたおりきが、気遣わしそうに眉根を寄せる。

「素庵さまに、この次高熱を出したら、かなり重篤な状態と思わなければならないだろうと言われていたから、まあ、そうなんだろうよ」

「それで、おさわさんが十一さんに付ききっきりということなのですね」

「それぱかりじゃねえ……。鉄平が素庵さまを呼びに走ったものだから、それで俺がみずきをあすなろ園に送ることになったってわけでよ」

「ご苦労さまです。お茶をお一つどうですか？」

亀蔵は一瞬どうしようかといった表情をしたが、

「おりきさんにそう言われたんじゃ、断るわけにもいかねえや……。本当は自身番に顔を出さなきゃならねえんだが、まっ、茶の一杯《いっぺえ》くれェいいか……。じゃ、馳走《ごち》になるとすっか！」

とにたりと笑った。

「では、帳場に入りましょうか……」

おりきが先に立ち、玄関口から帳場に入って行く。

「泊《と》まり客をお見送りして、さあ旅籠《はたご》に引き返そうと思ったところで、親分が中庭から出て来られたのを目に留め、驚いてしまいましたわ。親分がみずきちゃんを送って来られるとは思ってもみませんでしたもの……」

長火鉢《ながひばち》の傍に坐ると、おりきは茶を淹《い》れながら亀蔵を流し見た。

「いつもは鉄平が送って来っからよ……。考えてみれば、鉄平も大変《てえへん》な苦労だったんだよな？　仕入れから戻ると朝餉を食って、みずきをあすなろ園に送り届け、休む間もなく仕込みに入《へえ》るんだもんな……」

「けれども、暫くはそれも出来なくなりますわね」

おりきが猫板《ねこいた》の上に湯呑を置きながらそう言うと、亀蔵がとほんとする。

「なんでよ……」

「だって、おさわさんが十一さんに付きっきりだと、仕込みは鉄平さんが一人ですることになるのでしょう？　こうめさんがいるといっても、おさわさんのようにはいかないでしょうから、そうなると、鉄平さんがみずきちゃんを送り迎えする暇《ひま》がなくなります……」

おりきに指摘され、亀蔵があっと息を呑む。

「言われてみりゃ、その通りだ……。おいおい、てこたァ、これから暫くは俺が毎日みずきを送り迎えするってことか？　てんごうを！　俺にはお上《かみ》の御用《ごよう》があるんだぜ。朝はともかくとして、夕方はそういうわけにはいかねえ……。お務めによっては遠出をしていることもあれば、手の離せねえこともあるんだからよ。おい、弱ったぜ……。一体《いってえ》、どうすりゃいいのよ」

「末吉《すえきち》に送らせましょうかと言いたいところなのですが、みずきちゃんがあすなろ園を出るのは七ツ（午後四時）過ぎですからね……。丁度《ちょうど》、その時分は泊まり客が次々に到着される頃で、下足番見習《げそくばん》が旅籠を留守にするわけにはいきませんからね」

「金太《きんた》や利助《りすけ》に頼《たの》むといっても、何かことが起きれば、下っ引きたちも身動きが取れなくなるからよ……。かと言って、十歳のみずきを一人で門前町《もんぜんちょう》から高輪《たかなわ》まで歩かせるわけにはいかねえ……。殊《こと》に、歩行新宿《かちしんしゅく》なんて、物騒《ぶっそう》なことこのうえねえからよ。子攫《こさら》いに遭《あ》った日にゃ、目も当てられねえからよ！」

「婆やにお願いするわけにはいきませんの？」

「婆やねえ……。そうよのっ、これまでは六十路《むそじ》近くの婆やに高輪と門前町を往復させるのは酷《こく》だと思い、お初の子守りだけを頼んでいたんだが、あの婆さん、足は達者《たっしゃ》だ……。少し手当を弾《はず》んでやれば、悦んでみずきの送り迎えをしてくれるかもしれねえ……。おっ、馳走《ごち》になったな！」

亀蔵が目弾《めはじき》して、大股《おおまた》に帳場を出て行く。

「おっ、驚いた！　なんだ、親分、お見えになっていたんでやすか……」

入口で亀蔵とぶつかりそうになった達吉《たつきち》が、目をまじくじさせる。

亀蔵は達吉に片手を挙げると、振り返ろうともせずに駆《か》け去って行った。

達吉が帳場に入って来ると、怪訝《けげん》そうにおりきを見る。

「今、親分と擦《す》れ違ったんでやすが、一体何《いってえ》があったので？　これまでは、親分がこんなに朝早くお見えになることはなかったのに……」

「みずきちゃんをあすなろ園に送ってこられたのですよ」

「親分がみずきを送って来るとは、珍しいことがあるもんだ……。いつもは、鉄平さんが送り迎えをしてたんでやしょ？」

達吉がおりきの傍まで寄って来て、腰を下ろす。

おりきは達吉にもお茶を注《つ》いでやりながら、気遣わしそうに眉根を寄せた。

「それがね、八文屋で預かっていた十一さんの容態が芳《かんば》しくないそうですの。なんでも、素庵さまの話では、一両日は保つかもしれないが、そこから先は予断を許さないと……。それで、おさわさんが十一さんの看病にかかりっきりとなったのですが、そうなると、鉄平さんにみずきちゃんの送り迎えが出来なくなりますでしょう？　それで、今朝は親分が送ってくることになったそうですが、迎えまで親分がするわけにはいきませんものね……」

達吉が納得したとばかりに、大仰《おおぎょう》に頷く。

「そりゃそうだ！　親分にはいつ捕《と》り物があるかもしれねえんだからよ……。かと言って、金さんや利助さんに代わりにやらせるわけにもいかねえ……。下っ引きは親分の下で動かなきゃなんねえんだからよ。で、どうすることになりやしたんで？」

「お初ちゃんの子守りをしている婆やがいますでしょう？　親分が言われるには、六十路近くでも足腰が随分《ずいぶん》としっかりしているとかで、これからは、みずきちゃんの送り迎えもその方に頼んでみようかと……」

「ああ、それで親分があんなに慌てて……。けど、そうなると、お初はどうするつもりなんでやしょう？　まさか、お初を連れ回すつもりじゃねえでしょう？　お初はやっとよちよち歩きが出来るようになったばかりだ……。それによ、いくら婆さんの足腰が達者といっても、お初を負ぶって高輪と門前町の往復はきついのじゃなかろうか……。しかも、日に一度というのじゃなくて、朝夕、二回でやすぜ？」

わざとらしく、達吉が人差し指を横に振ってみせる。

「お初ちゃんのことは、こうめさんが何か考えるでしょうよ」

おりきがそう言うと、達吉が目から鱗《うろこ》が落ちたような顔をする。

「そうよ！　ああ、俺《おり》ャ、なんて頭が良いんでェ……。おさわさんが八文屋を手伝えねえ間だけでも、お初をあすなろ園に預ければいいのよ！　朝、婆さんがみずきとお初を連れてあすなろ園に行き、婆さんもそのまま夕方までずっとあすなろ園にいればいい……。そうすりゃ、日に二度も行ったり来たりしなくても、一度で済むからよ！　つまり、婆さんにも貞乃さまやキヲさんと一緒に子供たちの世話をしてもらい、中食や小中飯《こじゆうはん》（おやつ）も子供たちと一緒に摂る……。ねっ、良い考えだと思いやせん？」

成程《なるほど》、言われてみれば、それはよい思いつきかもしれない。

この先ずっとというわけではないし、仮に、こうめたちがこの先もお初をあすなろ園に通わせたいと思うのであれば、そうしてもよいのである。

おりきは達吉にふわりとした笑《え》みを投げかけた。

「達吉、それはよい思いつきですこと！　では、早速、こうめさん宛《あ》てに文《ふみ》を認《したた》めますので、末吉に車町《くるまちよう》まで走らせて下さいな」

「思いたったが吉日《きちじつ》！　ようがす、いつでも駆け出せるように支度《したく》しておけ、と末吉に伝えておきやしょう……」

達吉が帳場を出て行く。

入れ違いに、潤三《じゅんぞう》が文の束《たば》を手に入って来た。

「京《きょう》の吉野屋《よしのや》から文が届いてやすが……」

墨《すみ》を擦ろうとしていたおりきが、あっと顔を上げる。

おりきの目に輝きが……。

「おきちたち、京に着いたのですね！　さっ、早く……」

「女将《おかみ》さん、お待ちかねでやしたものね……。はい、これです」

潤三が吉野屋幸三《こうぞう》からの文を手渡す。

おりきは封書を開き、文に目を通した。

「まあ、祝言《しゅうげん》の日取りが決まったそうですよ！　十一月二十日の大安吉日《たいあんきちじつ》ですって……。加賀山竹米《かがやまちくべい》さまも三吉《さんきち》、琴音《ことね》さんも列席なさるそうです。そして、これは……」

おりきが幸三の文と一緒に封書の中に入っていた二通目の文に目を通し、まあ……、と絶句し、涙ぐんだ。

潤三が目を瞬《しばたた》く。

「どうしやした?」

「おきちからの文ですの。あの娘《こ》ったら、まあ、こんなことを……」

おりきはおきちの文を潤三に手渡すと、指先で目頭《めがしら》を押さえた。

潤三が文に目を通す。

おきちの文には、おりきへの礼と詫《わ》び、今後の抱負《ほうふ》などが綴《つづ》られ、女将さん、これまで有難うございました、京に戻り、三吉兄さんと話したのですが、孤児《みなしご》となった兄さんとあたしを立場茶屋《たてばぢゃや》おりきで引き取り、兄さんには絵師となる道標《みちしるべ》をつけて下さり、あたしを養女として慈《いつく》しんで下さったばかりか、三代目女将になるべく導いても下さいました……、それなのに、女将さんを裏切るようなことをしてしまい、申し訳ありませんでした、兄さんからも、女将さんに後足《あとあし》で砂をかけるような真似をした、と叱られてしまいましたが、幸三さんとあたしが互いに惹《ひ》かれ合っていて、今後は吉野屋の内儀《ないぎ》となるべく研鑽《けんさん》したいと言いますと、兄さんも解ってくれ、幸三さんと夫婦《めおと》になることを悦んでくれました、やはり、兄さんはあたしがすぐ近くで暮らすことが嬉しかったようです……、琴音さんも大層悦んで下さり、末永《すえなが》く義姉妹《きょうだい》付き合いをしましょうね、と言って下さいました、女将さん、いえ、おっかさん、あたしはおっかさんの義娘《むすめ》でいられたことを誇《ほこ》りに思っています、本当に、本当に、有難うございました……、とあった。

「女将さん、大《てえ》したもんじゃありやせんか！　あのおきちさんに、こんなしっかりとした文が書けるのでやすからね……。おきちさん、ここ半年ほどで、随分と大人になりやしたね」

潤三が感心したように言う。

おりきも頷いた。

その刹那《せつな》、堪《こら》えていた涙がつっと頬《ほお》を伝った。

そこに、達吉が入って来る。

「文が書けやしたか？」

達吉はおりきの涙を見て、狐につままれたような顔をした。

「えっ、何があったんで……。潤三、女将さんを泣かせるようなことをしたんじゃあるめえな！」

「違うのですよ、大番頭さん……」

おりきは慌てて涙を拭った。

　その頃、車町の八文屋では、立場茶屋おりきから戻ったばかりの亀蔵が、子守りの婆やを摑《つか》まえ、八ツ半（午後三時）を過ぎたら品川宿門前町の立場茶屋おりきの裏庭にある、あすなろ園までみずきを迎えに行くようにと諄々《じゆんじゆん》と諭していた。

「門前町なんて行ったことがねえって？　おめえよォ、行ったことがねえところには行けねえとでも言うのかよ。寝言《ねごと》は寝て言えっつゥのよ！　おめえが初めて八文屋を訪ねて来たときは、どうだったかよ？　これまで来たことがなかったが、ちゃんと来られたじゃねえか……。誰だって、初めてのときは不安だよ？　ところがやってみると、なァんだってことでよ……。とにかく、海岸沿いの道まで下りて行き、高輪北町《たかなわきたまち》、中町《なかまち》、南町《みなみまち》と南に向かって歩き、歩行新宿に入《へえ》ったら、一丁目、二丁目、三丁目……。そうして次が北本宿《きたほんしゆく》三丁目、二丁目、一丁目となり、行合橋《ゆきあいばし》を渡ると南本宿一丁目、二丁目、三丁目で、その先が門前町……。立場茶屋おりきは街道より左側にあり、近江屋《おうみや》という旅籠の数軒先だ。表は立場茶屋だが、茶屋の手前に旅籠に通じる通路があるからよ……。そこを入《へえ》って行くと中庭があり、奥が料理旅籠となっていて、中庭の横に裏庭に通じる枝折《しお》り戸がある……。ああ、もう！　判らねえようなら、茶屋で訊ねればいい。あすなろ園に行きてェと言ャ、案内してくれるからよ。とにかく、一本道で曲《ま》がるところはねえ……。間違《まち》えろといったって、間違えようがねえんだからよ！　解ったな？」

「真《ま》っ直《す》ぐ、真っ直ぐ、海岸に沿《そ》って南にね……。あたしの足で歩けるでしょうか？」

「歩けるに決まってらァ！　みずきだって、朝夕、その道を歩いて通ってるんだからよ」

「けど、お初ちゃんをどうしましょう」

「負《お》ぶってきゃいいだろう」

「………」

婆やが絶句すると、こうめが割って入る。

「義兄《にい》さん、そりゃ無理ってもんだ！　婆や一人でも覚束《おぼつか》ないというのに、お初を負ぶってなんて……。いいよ、お初はあたしが負んぶして仕事をするから……」

「餓鬼《がき》を背中に括りつけて、客の前に出るってかァ？　みっともねえ真似をするんじゃねえや！」

亀蔵が声を荒らげると、婆やが、大丈夫です、お初ちゃんをあたしが負ぶって行きますんで……、と言う。

末吉がおりきの文を届けてきたのは、そんなときだった。

亀蔵は文に目を通すと、おっと目を輝かせた。

「なんと、その手があったとはよ……」

「その手って？」

こうめが文を覗き込む。

「つまりよ、朝、婆さんがみずきとお初をあすなろ園まで送って行き、そのまま婆さんもお初と一日そこで過ごして、夕方、二人を連れて高輪に戻って来る……。こうすりゃ、手間が省《はぶ》けるうえに、婆さんも他の子たちと接することが出来るってもんでェ！　なっ、どうでェ、婆さん、愉《たの》しそうじゃねえか……」

「愉しいんでしょうかね……。へっ、解りました。とにかく、今日の夕方、試《ため》しに門前町までみずきちゃんを迎えに行って来ます」

婆やは心細そうに呟いた。

亀蔵はそれで問題解決とばかりに息を吐き、お務めへと戻って行った。

「皆に迷惑をかけて済まないね……」

盥を手に二階から下りて来たおさわにも亀蔵たちの会話が耳に入ったとみえ、申し訳なさそうに頭を下げる。

「何言ってんのさ！　気にすることはないんだよ。それより、十一の具合はどう？」

こうめが気遣わしそうに訊ねる。

「少し熱が下がったようなんだけどね」

「ああ、良かった……」

「それでさ、何か精のつくものをと思うんだけど、粥《かゆ》も重湯《おもゆ》も受けつけようとしないし、他に一体何があるだろうか……」

「さっぱりとしていて、しかも美味しいものでないと受けつけようとしないだろうしさ……」

おさわとこうめが首を傾《かし》げる。

「蜜柑《みかん》はどうかな？」

鉄平が言う。

「ああ、蜜柑ね。いいかもしれない！」

「けど、現在《いま》、うちにはないよ。しかも、これから青物屋に行って来るといっても、とても、そんな余裕《ゆとり》はないし……」

こうめが困《こう》じ果てた顔をする。

「あたしが買いに行ってもいいんだけど、あまり長く十一の傍を離れたくないんでね」

おさわがそう言うと、婆やが、あのう……、あたしでよかったら、買いに行ってきましょうか、と上目遣《うわめづか》いにおさわを窺う。

「そりゃ、婆やが行ってくれると助かるけど……」

「じゃ、成覚寺《じょうかくじ》の近所の青物屋まで行って来ますよ。あそこの水物《みずもの》には外《はず》れがないと評判ですからね。同じことなら、うんと美味しい蜜柑でなくっちゃ！」

婆やは突如《とつじょ》気負《きお》い立った。

どうやら、みずきを迎えに行くと一旦《いったん》その気になったら、俄然《がぜん》、気力が漲《みなぎ》ってきたようである。

「じゃ、頼んだよ。少々高直《こうじき》でもいいから、瑞々しいのを選んでおくれよ」

おさわが蝦蟇口《がまぐち》の中から小白《こじろ》（一朱銀）を一枚摘《つま》み出す。

婆やはお初を背負子《しょいこ》で背中に括りつけると、水口から外に出て行った。

おさわが吸呑に冷ました白湯を入れて二階に戻ってみると、十一は目を開けていた。

「おや、目が醒めたのかえ？」

そうして、十一の額に手を当てる。

「まだ完全じゃないけど、少しは熱が下がったようだ……。よく頑張ったね！」

「おっかさん、あのね、さっき熱に魘《うな》されてうつらうつらしているときに、真二《しんじ》さんが現れてね。おいらに一緒においでって手招きしたんだ……。おいら、ついて行こうとしたら、耳許でおっかさんが、十一、十一っておいらを呼んでいて……」

「真二さんって……」

「おくらさんの次男で、随分前に喧嘩《けんか》して匕首《あいくち》で刺されて死んじまったけど、真二さんだけはおいらのことを可愛《かわい》がってくれてたんだ……」

「……」

おさわには、なんと答えてよいのか解らなかった。

死を迎《むか》える直前に、死人《しびと》が枕許に立つという話を聞いたことがある。

すると、枕許に立ったという真二は、十一を迎えに来たのであろうか……。

ところが、そこで、おさわが十一の名を呼んだ……。

あたしが名前を呼んでお迎えを阻止《そし》することが出来たというのなら、ああ、これからも、いくらでも十一の名前を呼んでやろうじゃないか！

「十一、大丈夫だよ。おっかさんがついているからね。誰《だれ》にもおまえを連れて行かせやしない……」

おさわがそう言い、十一の手を握ってやる。

枯《か》れ木《き》のようにか細い腕……。

おさわの胸がカッと熱くなった。

十一になんと声をかけてやればよいのか……。

おさわは太息を吐いた。

何を言っても虚《むな》しく、気休めにしかすぎないのである。


十一は蜜柑の絞り汁を美味そうに飲んだ。

「美味しい……。これはなんていうものなの？」

「蜜柑だよ。ほら、橙色《だいだいいろ》の皮をした水物でさァ、皮を剝《む》いて食べるんだけど、見たことないかえ？」

十一は首を振った。

無理もない。

蜜柑は庶民にとって高嶺《たかね》の花なのである。

よって、子供たちの口に蜜柑が入るのは、十一月八日の鞴祭《ふいごまつり》くらいであろうか……。

鍛冶《かじ》、鋳物師《いもじ》、錺職《かざりしょく》、箔打師《はくうちし》、石細工師《いしざいくし》など、日頃、鞴《ふいご》を用いる職人たちが、鞴神《ふいごがみ》に参詣《さんけい》し、お供《そな》えの蜜柑を子供たちに撒《ま》き与えるのであるが、十一が蜜柑を見たことも食べたこともないとは驚きである。

恐らく、十一はおくらから外を出歩くことを禁じられていたのであろう。

考えてみると、十一はこれまで他人《ひと》の顔色を窺ってばかりで、おくらに気を兼ね、義理の兄弟には肩身《かたみ》の狭《せま》い想いをしてきたのである。

亀蔵が猟師町のつばくろ店《だな》を訪ね、十一が病で倒れたと養い親のおくらに伝えたときのことである。

「言っとくが、あたしゃ、養い親になりたくてなったわけじゃないんだ！　死んだ亭主が余所《よそ》の女《おな》ごに産《う》ませた赤児《やや》を連れ帰り、あたしに育てろというもんだから、十人目の子を産んだばかりだったあたしが仕方なく育てただけで、これまで育ててやっただけでも有難《ありがた》く思ってもらいたいもんだ……。十人も子がいて、そのうえ誰だか判らない女ごの子を育てさせられた、あたしの身にもなってもらいたいもんだ！　おまえねえ、食わず貧楽《ひんらく》（貧しいながらも愉しく生きる）なんて天骨《てんこち》もない！　世帯が詰まらない（暮らし向きが立たない）というのに、どうやって立行《たちいき》していけるっていうのさ……。おまけに亭主は死んじまうし、十人の子の半分までを死なせてしまい、現在《いま》、真面《まとも》に働けるのは三番目の子と十番目の子で、残りの女ごの子はとっくの昔に女衒《ぜげん》に売り飛ばした……。十一はさァ、此の中、やっと浅蜊や蜆を捕《と》るコツを覚えたばかりでさ。これで幾《いく》らか元が取れると思っていたのに、病だって？　冗談じゃないよ！　素庵さまかなんか知らないが、うちじゃそんな子は要《い》らないから、煮るなり焼くなり好きにしてくんな、と伝えておくれ！」

と、こんなふうに、おくらは取りつく島もなかったのである。

おさわは十一が不憫《ふびん》で堪らなかった。

十一が八文屋に浅蜊を売りに来て、おさわの目の前で倒れたのも何かの縁……。

おさわは十一に息子の陸郎にしてやれなかったことをしてやろうと思った。

「十一、おばちゃんが護《まも》ってあげる。おばちゃんね、一人息子がいたんだけど、おまえと同じ年頃に手放さなきゃならなくなってね……。学問の好きな子だったんで、泣く泣く手放したんだけど、その子が病に倒れても看病してやることも出来なくてね。死に目にも逢わせてもらえなかった……。だから、息子にしてやれなかった看病をあたしにさせておくれ。おまえを見ていると、あたしの許を離れていった頃の陸郎のように思えてさ……」

そうして、おさわは毎日滋養《じよう》のあるお菜を作って診療所を訪ねるようになり、十一の容態が幾分《いくぶん》落着くと、八文屋に引き取ることにしたのだった。

が、刻々《こっこく》と十一との別れの秋《とき》が迫《せま》ってくる。

蜜柑を初めて見たと目を輝かせ、絞り汁を美味しそうに飲んでくれた十一……。

おさわの目に涙が盛り上がった。

「おっかさん……、おいら、おばちゃんがおっかさんと呼んでもいいと言ってくれて、どれだけ嬉しかったか……。おいらね、声に出しておっかさんと呼んでもいるけど、言葉に出さずに口の中で何遍もおっかさんと呼んでたんだ……。おっかさんに出逢えて、本当に良かった！　きっと、これは神さまがおいらにくれた最後の贈物《おくりもの》なんだね……」

「十一……」

「おっかさん……」

「うん？　なんだえ？」

十一は照れたような笑みを見せた。

「おいらに逢えて良かった？」

「よかったに決まってるじゃないか！　いつも言っているように、おまえは陸郎が姿を変えて来てくれたんじゃないかと、そんなふうに思ってるんだよ」

「おっかさん、あの世でもしも陸郎さんに逢えたなら、おっかさんの想いを伝えておくね……」

「十一、おまえ……。そんなに先を急ぐことはない！　もう少し、ゆっくり、ゆっくりでいいんだからさ……」

「なんだかくたびれた……。眠っていい？」

十一が目を閉じる。

はっと、おさわは十一の鼻先に掌を近づけた。

微かだが、息がある。

「十一、よくお眠り……」

おさわが居たたまれない思いで階下に下りると、鉄平が傍に寄って来る。

「おばちゃん！」

「そろそろ診療所に知らせたほうが……」

「ああ、解った！　丁度、見世は一段落《いちだんらく》ついたんで、俺が呼びに行って来るよ」

鉄平が水口から飛び出して行く。

婆やが今にも泣き出しそうな顔をして、おさわを見る。

「嫌だ……、素庵さまは一両日は保つかもしれないと言われたのに、もう……」

「婆や、有難うね！　十一、蜜柑の絞り汁を初めて飲んだと悦んでいたよ……。美味しい、世の中にこんなに美味しいものがあるとは知らなかったって……」

そう声をかけてやると、婆やは顔をくしゃくしゃに歪《ゆが》めて泣きじゃくった。

「そう言ってもらえて良かった……。そうですか、十一さん、悦んでくれたのですか……」

おさわの言った、世の中にこんな……、の行《くだり》はおさわの創作だったが、十一もきっとそう思っていたに違いない。

再び、おさわが二階に上がってみると、十一は蠟《ろう》のような面差《おもざ》しをして既に息絶《いきた》えていた。

まるで、おさわに看取《みと》られるのを照れて、ほんの一瞬席を外《はず》したその隙《すき》を狙《ねら》って、たった独《ひと》り、あの世に旅立ったかのようではないか……。

そんなところを見ても、いかにも十一らしい。
十一、おまえ……。
おさわは十一の手を握り、頰を擦《さす》ってやった。

十一の身体から、まだ温もりが伝わってくる。
十一、おまえ、まだその辺りにいるんだろう?
そう思った刹那、ウッと哀《かな》しみが込み上げてきて、おさわは十一の頭を抱え込むと、涙に暮れた。
十一、おまえとの別れは覚悟していたけど、おっかさん、やっぱり哀しいよ……、寂しいよ……。
たった五月《いつつき》の母子《おやこ》ごっこだったけど、おっかさんに夢を見させてくれて有難うね！
十一、十一、戻っておいで！
おさわの泣き声を聞きつけ、こうめが血相《けっそう》を変えて二階に上がって来る。

「十一、駄目だったんだね……」

「ああ、あたしが二階に上がったときにはもう……。この子、たった独りで逝《い》くなんて……」

「きっと、おばちゃんの眼前で息絶えるのが気恥ずかしかったんだよ」

「何が気恥ずかしいだよ。けど、いいんだ……。どっちにしたって、この子はあたしが看病してやれたんだから……」

「そうだよ！　おばちゃん、片時《かたとき》も十一の傍を離れず、夜の目も寝ずに看病してたんだから、もう思い残すことなんてないだろ？　きっと、十一にもおばちゃんの心は伝わっていると思うよ。よくやったよ、おばちゃんは……」

「よくなんてやってないよ。あたしのはさ、陸郎にしてやれなかったことをこの子にしてやりたいという、謂《い》わば、自己満足に過ぎなかったんだから……。けど、自己満足の後に来るものが、こんなに辛くて寂しいものだとは思わなかった……。悪い、こうめちゃん、泣かせておくれ……」

おさわはそう言うと、十一の胸に突っ伏し、肩を顫わせ泣き崩《くず》れた。

そこに、診療所から代脈がやって来た。

「申し訳ない、素庵さまは手の離せない患者がいて……」

代脈はそう言うと、十一の脈や心拍《しんぱく》、瞳孔《どうこう》を確かめ、ご臨終《りんじゅう》です、と言った。

おさわもこうめも鉄平も、もう何も言わない。

十一が事切れていることは判っていたし、おさわもこうめも言葉に出来ないほど悲《ひ》嘆《たん》に暮れていたのである。

「十一、どこに埋葬する？」

代脈が帰った後、鉄平が思いついたように言う。

おさわはとほんとした。

十一の亡骸《なきがら》をどこに埋葬するかなど、考えてもいなかったのである。

「どうしよう。あたし、何も考えていなかった……」

「恐らく、おくらは十一のことなど知らないと言うだろう。で、おさわさんちの菩《ぼ》提《だい》寺《じ》はどこ？」

こうめに訊《き》かれ、おさわがますますとほんとする。

「ごめん……。あたし、糟喰《かすくらい》（酒飲み）の亭主が死んだとき、あんまし頭にきたもんだから、海蔵寺《かいぞうじ》に預けちまったんだよ……。恐らく、身寄りのない他の者と一緒に投《なげ》込塚《こみづか》に……。それに、陸郎は黒田《くろだ》という御家人の家格だし、檀那寺《だんなでら》は小石川の称名寺《しょうみょうじ》……。だから、うちには檀那寺はないといったほうがいい……」

こうめと鉄平が呆《あき》れ果てた顔をする。

「亭主を海蔵寺の投込塚に葬《ほうむ》るなんて……。じゃ、十一もそうするのかえ？」

おさわがはっと鉄平とこうめの顔を見比べる。

「嫌だよ、それだけは……。十一だけは手厚く葬ってやりたいんだ！　うちの亭主は生きている間やりたい放題で、酒毒《しゅどく》に冒《おか》され死んでいっても仕方がないことだったんだが、十一が一体どんな悪いことをしたと言うんだえ？　可哀相に、生まれ合わせが悪かったばかりに、これでもかこれでもかと辛い目に遭わされ、挙句《あげく》、不治《ふち》の病に冒され、まだ十五という若さでこの世を去ったんだからね……。せめて、死んだ後は安らかに眠らせてやりたいと思ってさ……。ねっ、どこかに十一を葬らせてくれそうな寺を知らないかえ？」

鉄平とこうめが途方《とほう》に暮れた顔をする。

「いきなりそんなことを言われてもよ……。親分なら知っているかもしれねえが……。そうよ、おさわさん、親分に訊いてみるんだな！」

鉄平に言われ、おさわがやれと眉を開く。

と、同時に、深々と太息を吐いた。

十一のことは自分が責めを負うと大口《おおぐち》を叩いておいて、墓のことにまで頭が廻らなかったとは……。

おさわは忸怩《じくじ》とした想いに、唇をきっと噛み締めた。

ごめんよ、十一……。

おっかさんて、なんて駄目《だめ》な女ごなんだろう……。


「と、まあ、そんな理由《わけ》で、十一は成覚寺に葬ることになってよ……。まっ、あそこなら、おさわもちょくちょく詣ってやれるからよ」

亀蔵は十一が亡くなったことをおりきに話して聞かせ、深々と溜息《ためいき》を吐いた。

「俺ャよ、おさわが十一に肩入れしているこたァ知ってた……。だがよ、あそこまで入れ込んでいたとは驚きでよ……。なんせ、暫くは魂《たましい》でも抜き取られたかのように茫《ぼう》然《ぜん》としていてよ、まるで心ここにあらずなのよ……。やっと、気を取り直して板場に入《へえ》るようになったのはよいが、どうかすると、十一を思い出して涙するって有様《ありさま》でよ……。俺ャ、あんなおさわを見たのは初めてだ……。何があろうと気丈に生きてきて、いつも凛然《りんぜん》としていたのが嘘《うそ》みてェで、まるで、別人を見ているかのようなのよ……。なんか妙な気がしてさァ！」

「おさわさん、余程、十一さんと過ごした五月《いつつき》が至福のときだったのでしょうね。似《え》非《せ》にしかすぎませんでしたが、実の母子よりも濃《こ》い母子関係が築《きず》けたのですもの、それを失ってしまったという現実になかなか向き合えないのでしょうが、大丈夫ですことよ！　おさわさんは必ずや元のおさわさんにお戻りですよ」

「そうけえ……。まっ、そうあってもらわなくちゃな！　おっ、そう言ャ、おさわがここんとこ毎日、蜜柑を買って来やがってよ！　お陰で、小中飯は毎日蜜柑ってわけなのよ……。別に蜜柑が嫌いなわけじゃねえし、美味《うめ》ェからそれでいいんだけどよ……。あっ、少し持って来てやればよかったかな？」

「いいえ、蜜柑はうちにも沢山ありますのよ。鞴祭が近づくと、誰しも蜜柑を思い出すようですわね」

おりきがそう言うと、亀蔵が、違う、違う、と手を振る。

「そうではねえのよ！　おさわが言うには、十一が最後に蜜柑の絞り汁を美味そうに口にしてくれたのが忘れられねえそうでよ……。俺たちゃ、鞴祭が近づくと、紀州《きしゅう》から送られて来る蜜柑へと思いを馳《は》せるだろ？　ところが、十一は蜜柑を見たこともなければ、食ったこともなかった……。十一の身の有りつきでは蜜柑など高嶺の花で、とても手が出なかったんだろうが、餓鬼《がき》なら、鞴祭でばらまかれる蜜柑くれェ知っていてもよいはずだ。ところが、おくらはそれすら十一にさせなかったのよ……。それでよ、おさわが不憫がって、此《こ》の中《じゅう》、毎日、蜜柑を買っては十一の墓に供え、その御下がりを八文屋に持ち帰《けえ》るもんだから、うちの中が蜜柑だらけって有様で……。と言っても、美味《うめ》ェから、まっ、それでもいいんだけどよ……」

どうやら亀蔵の繰言《くりごと》は、繰言というより自慢話のようである。

おりきはくすりと肩を揺《ゆ》らすと、茶を勧《すす》めた。

「おっ、鹿子餅《かのこもち》か！　馳走《ごち》になるぜ。ところで、聞いたぜ……。彦蕎麦《ひこそば》のおきわ、板《いた》頭《がしら》の修司《しゅうじ》と所帯を持つんだって？　驚いたのなんのって……。まさか、あの二人がそんな仲だったとはよ！　俺ャ、ちょくちょく彦蕎麦には顔を出していたんだが、ちっとも気がつかなかったぜ……。それで、いつ祝言を挙げるって？」

亀蔵が鹿子餅を千切《ちぎ》り、口に放り込む。

「いえ、祝言らしき祝言は挙げませんの。ほら、おきわは二度目ですしね……。それで、見世が山留《やまどめ》（閉店）になった後、店衆《たなし》とおいね、それにわたくしと大番頭さんの立ち会《あ》いの下《もと》、蕎麦《そば》会席《かいせき》めいた料理で祝いましたのよ」

「なんと、ほのぼのしていて、そいつァいいじゃねえか！　てこたァ、おいねにも店衆にも、二人が夫婦《めおと》になることに異存がなかったってことか……」

「異存なんて……。おいねが悦びましてね。これで自分にもおとっつァんが出来た、これからはみずきちゃんを羨《うらや》ましがらずに済むと、まあ、そう言いましてね……」

亀蔵が苦笑する。

「みずきとおいねは仲が良いくせして、何かというと張り合うからよ……。してみると、おいねはみずきにだけ鉄平というおとっつァんが出来て、羨ましかったってことか……。しかも、そのうえ、みずきには父親《てておや》違いの妹まで出来たんだからよ！」

「おきわの話では、おいねは言葉に出しては何も言わなかったそうですが、数年前におたえさんを亡くしてからは寂しかったようでしてね」

「おたえが亡くなって、何年になる？」

おりきが指折り数える。

「三年と五月《いつつき》になるでしょうか、確か、おたえさんが亡くなったのが牛頭天王祭《ごずてんのうさい》の宮出《みやだ》しの前日だったかと……。祭り囃子《ばやし》の鉦《かね》や太鼓《たいこ》の音色《ねいろ》を耳に、おたえさんたら、今日は死ぬには良い日だ、極楽日和《ごくらくびより》だ、と呟いたそうで……」

「今日は死ぬには良い日だ……。極楽日和とは、実に深《ふけ》ェ言葉よのっ……。けど、そんな言葉が出るのも、おたえがほぼ天寿《てんじゅ》を全《まっと》う出来て、これでもう充分という気持があったからで、それを思うと、十一は気の毒よのっ……。人生のまだ何ほども生きちゃいねえ……」

亀蔵はそう言うと、苦々《にがにが》しそうに唇を嚙んだ。

現在《いま》は何を言っても、話の行き着く先は十一……。

ならば、思いっ切り十一のことを話題にしてやり、哀しみに浸《ひた》り、思い出したり偲《しの》んでやればよいのでは……。

亀蔵にも、やっと、おさわの心が垣間見《かいまみ》えたように思えた。

が、亀蔵は敢《あ》えておさわのことには触れず、話題をおいねへと移した。

「おいねの奴、婆さん子だったもんな……。おきわが彦蕎麦を開いてからは、ずっとおたえさんがおいねの世話をしてきたんだ……。そのばっちゃんに死なれて寂しくねえはずがねえ。おいねはよく辛抱してきたと思うぜ」

「彦蕎麦の二階にお若《わか》さんが寝泊まりしてくれていたのですが、新しくおとっつァんが出来るのとでは比べようがありませんからね」

「それにしても修司の奴、いつからおきわに気があったって？」

「どうやら与之助が怪我《けが》をした頃のようでしてね」

「与之助が怪我をした頃だって……」

亀蔵がとほんとする。

亀蔵が腑《ふ》に落ちないのも無理はない。

修司はほんの少し前、自分の想いをおさわに打ち明けたのである。

「俺ャ、女将さんの傍にいると、息苦しくなるんだよ……。息苦しくって、切《せつ》なくて、思わず抱き締めたくなる衝動を抑《おさ》えるのが、どんなに辛《つれ》ェことか……」

「修さん、おまえ……」

「ここに入《へえ》ったばかりの頃に話したと思うが、俺と彦次《ひこじ》は浅草の蕎麦屋で同じ釜《かま》の飯を食った、修業仲間だ……。その後、俺は高輪の見世に移り、彦《ひこ》さんは一匹狼《いっぴきおおかみ》でいくといって屋台見世《やたいみせ》を出したが、風の便りに彦さんが亡くなり、遺《のこ》されたかみさんが生《な》さぬ仲の娘を連れて門前町に蕎麦屋を出すらしいという噂《うわさ》を耳にし、これはなんとしてでも助《す》けてやらなきゃ……、と口入屋《くちいれや》にこの見世を斡旋《あっせん》してもらった……。俺の作るかえしが彦さんの味に似ていたのは、同じ見世で修業したからで、あっしも最初《はじめ》は女将さんのことを彦さんの後家《ごけ》としか考えていなかった……。ところが、与之助《よのすけ》が大《おお》怪我《けが》をして生死の境を彷徨っていたとき、女将さんが親身になって与之助の看病をするのを見て、俺の中に与之助への妬心《としん》がむくむくと湧《わ》いてきて……。無性《むしょう》に、与之助が妬《ねた》ましくなり、ハッと己《おのれ》の気持に気がついた……。俺ャ、女将さんが好きで好きで堪らねえんだと……」

「莫迦なことを！　与之助は生きるか死ぬかの大怪我をしてたんだよ。親身になって看病するのは当然じゃないか……」

「ああ、そうだ……。俺にだって、そんなことは解ってるさ。けど、肝精を焼いちゃいけねえと思っていても焼いてしまう、この俺の身にもなってくれよ……。俺ャ、己の心に戦《おのの》き、彦さんに済まねえという気持で一杯《いっぺえ》になった……。それで、極力《きょくりょく》、女将さんのことを考えねえように努めてきたんだが、与之助が行方《ゆくえ》を晦《くら》ませてからの女将さんの動揺を見て、またもや、女将さんへの想いに火が点《つ》いた……。これまで、何遍《なんべん》、女将さんに想いを打ち明けようと思ったことか……。けど、その度に、彦さんの面影《おもかげ》がつっと目の前に現れ、俺の心を怯《ひる》ませてしまってよ……。駄目だ駄目だ、あれほど水魚《すいぎょ》の交《まじ》わりをした友達《だち》の女房に想いを寄せるなんて……、と自責《じせき》の念に駆られるばかりで……」

おきわは修司の告白になんと答えてよいのか解らなかった。

女ごとして嬉しくないはずはない。

達吉に修司の告白をどう思っているのかと問《と》われ、おきわはこう答えた。

「そりゃ、嬉しかった……。彦さんが亡くなって、八年半……。その間、おいねや見世のことだけを考えてきて、あたし、自分が女ごということを忘れかけていた……。だから、修さんがあたしのことをそんなふうに思っていてくれたと思うと、嬉しくって……。夕《ゆん》べ、改めて修さんのことを考えてみたんですよ。彦蕎麦にはあの男《ひと》がいなくちゃならないし、それに、昔の修業仲間のことをあんなふうに大切に思ってくれていて、義理堅いうえに店衆の面倒見もよい……。見てくれだって、決して他の男《ひと》に劣《おと》るようなところはないし、何より、あたしのことを好いていてくれる……。それに、あたしも三十路《みそじ》ですからね。この先、二度とあたしのことを好ましく思ってくれる男《ひと》には出逢わないと思うと、修さんを手放しちゃならないと……」

おりきはそれを聞き、だったら、何を迷うことがあろうか、自分の気持に素直に従うようにと諭した。

が、おきわにはおいねのことが気懸かりだったようである。

「大丈夫ですよ。みずきちゃんをごらんなさいよ。こうめさんと鉄平さんが祝言を挙げたのは、みずきちゃんが五歳のときでしたが、別に問題らしき問題はありませんでしたからね。寧《むし》ろ、おいねも父親《てておや》が出来て悦ぶのではないでしょうか……。それより、おきわが拘《こだわ》っているのは、亡くなった彦次さんのことではありませんか？　他の男《ひと》と所帯を持つと彦次さんに申し訳ないと……。仮にそう思っているのだとしたら、それは間違いですよ。考えてもごらんなさい。おまえはまだ頑是《がんぜ》なかったおいねを背負《せお》って屋台で蕎麦を売っていた彦次さんを不憫に思い、力を貸そうとしたばかりか、彦次さんが不治《ふち》の病に冒されてからは、どうしても彦次さんと所帯を持ちたいと、父親《てておや》の反対を押し切ってまで祝言を挙げたのですからね……。あのときのことをわたくしは未《いま》だに忘れることが出来ません……」

そして、おりきは更に続けた。

「おきわ、おまえは彦次さんの看病と生さぬ仲のおいねを育てるためだけに、祝言を挙げたのですからね……。きっと、彦次さんもあの世からおまえに手を合わせていることでしょう。ですからね、もうそろそろ、おまえは女ごとしての幸せを望んでもよいのですよ。彦次さんに気を兼ねることはありませんせん」

　おりきのその言葉で、おきわの気持が固まり、こうして、おきわと修司が正式に夫婦《めおと》になることが決まったのだった。

「修司も見かけによらず、健気《けなげ》なところがあるものよのっ！」

　亀蔵がしみじみとした口調《くちょう》で言う。

「あら、親分でもそうではありませんこと？　本当に好いた相手には、なかなか想いを打ち明けられない……。ねっ、そんなものではありませんか？」

　おりきに言われ、亀蔵は挙措を失った。

　なんだよ、おりきさんは……。

　俺の好いた相手はおめえだってことくれェ解っているはずなのに……。

　亀蔵はわざとらしく咳《しわぶき》を打つと、照れたように、蜜柑がよ……、蜜柑っていうものはよ……、と呟いた。

「蜜柑？」

　おりきは訝しそうに首を傾げた。

永遠《とわ》に

巳之吉《みのきち》は夕餉膳《ゆうげぜん》の説明を終えると、脇《わき》に置いた膳《ぜん》の布巾《ふきん》を払《はら》った。

帳場に入って来たときに何を運んで来たのかと思っていたが、なんと黒漆扇面皿《くろうるしせんめんざら》の上に餅《もち》が……。

いや、待てよ、これは豆腐《とうふ》?

「味噌漬豆腐《みそづけどうふ》のさっと焼きでやす」

巳之吉が澄《す》ました顔をして、おりきの前に扇面皿を置く。

「味噌漬豆腐……。巳之吉が作ったのですか?」

「いえ、福治《ふくじ》の奴が……。これが存外にこってりとした濃厚な味がするもんでやすから、是非《ぜひ》にも、女将《おかみ》さんに味わってもらおうと思いやして……。どうぞ、召し上がってみて下せえ。あっ、大番頭さんや潤《じゅん》さんも……」

巳之吉に勧《すす》められ、達吉《たつきち》がそろりと箸《はし》を伸ばす。

続いて、潤三《じゅんぞう》が……。

おりきは二人の反応を確かめようと、目を凝《こ》らした。

「おっと、こいつァ……」

　達吉が豆腐を口にして、目をまじくじさせる。

「こってりとした味がして、しかも、芳《こう》ばしい……。こいつァ、なんて美味《うめ》ェんだ！　恐らく、生まれて初めての風味合《ふうみあい》だぜ」

　潤三が興奮したように言う。

　どれ……、とおりきも豆腐を口に運んだ。

　まったりとしていて、味噌《みそ》の風味と豆腐の舌触《したざわ》り、そこに炭火で焼いた芳ばしさが加わり、なんとも言えない芳醇《ほうじゅん》な味である。

「なんて美味《びみ》なのでしょう！　巳之吉、これは箸休めに最適ではないですか……」

「ええ、あっしもそう思いやす。福治が味見してくれと持って来たんでやすが、食べてみるとこれがあんまし美味《うめ》ェもんで、これはなんでも女将さんたちにも味わってもらいてェと思いやして……」

「白味噌《しろみそ》を味醂《みりん》でのばした中に豆腐を漬《つ》け込んであるのですね？　豆腐にこれだけ味が染《し》みるにはどのくらいときがかかります？」

　おりきが興味深そうに訊《たず》ねる。

「丸一日ってところでしょうかね……。そのまま食ってもよいが、炭火で焙《あぶ》ったところがミソでやして……。これでぐっと芳ばしさが増しやしたからね。福治という奴は実に面白《おもしれ》ェ発想をする奴で……。干《ほ》し椎茸《しいたけ》の白和《しらあ》えを作ってみたり、出汁昆布《だしこんぶ》を鋏《はさみ》で細かく切り、パリパリに素揚《すあ》げしてみたり、意表《いひよう》を突くことを平気でやってみせやす……。ですが、斬新《ざんしん》な発想こそ料理人には不可欠《ふかけつ》なもので、あいつには良き料理人になる資質《ししつ》が備《そな》わってやす。今日はあんまし嬉《うれ》しかったもんだから、これはなんでも女将さんたちにも知っておいてもらいてェと思いやして……」

巳之吉が満足そうにおりきを見据《みす》える。

「そうですか……。では、福治を後継者《こうけいしゃ》にという巳之吉の計画は着々《ちやくちやく》と進んでいるということなのですね？」

「へっ、まっ、独《ひと》り立《だ》ちするにはまだ暫《しばら》くかかると思いやすが、奴なら、あっし程度の技量《ぎりよう》を身につけるのはそう遠くはねえと……」

「そいつは愉《たの》しみよのっ！　里実《さとみ》も女将修業に余念《よねん》がねえし、してみると、立場茶屋《たてばぢやや》おりきの前途《ぜんと》は約束されたようなもの……。女将さん、実に心強《こころづえ》ェことでやすね？」

達吉がしみじみとした口調《くちよう》で言う。

「おうめさんが言ってやしたが、里実さんは客からおめえさんが三代目女将なのかと半《なか》ばちょっくら返すように突っ込まれても、上手《うめ》ェこと往《い》なすそうで……。わたしはまだまだ女中として修業の身、三代目など畏《おそ》れ多いことにございます、と……。里実さんにゃんわりとそう往なされると、客はもうそれ以上問《と》い質《ただ》すわけにはいかねえ……。おうめさんに言わせれば、客あしらいが上手《うめ》ェってことになるんだろうがよ」

潤三が感心したように言うと、達吉も頷《うなず》く。

「誰が教えたというわけでもねえのに、やっぱ、里実には天性《てんせい》のものが備わってたんだろうな……。持って生まれた女将の資質といったほうがいいかもしれねえが……」

なんと、達吉も潤三も里実をべた褒《ほ》めではないか……。

おりきにしても、里実が褒められるのは我がことのように嬉しいこと……。

「里実は本当に賢《さと》い娘《こ》です。まだ若いのに、一を聞いて十を知るようなところがあり、おうめが感心していました……。しかも、誰に対しても物腰《ものごし》が低く、一度で相手に気に入られてしまいますからね。里実こそ、女将になるべく生まれてきたと言っても過《か》言《ごん》ではないでしょう。わたくし、心《しん》から安堵《あんど》していますのよ」

「まったく、女将さんのおっしゃる通りで……。あっしが驚いたのは、里実が料理に並外《なみはず》れた関心を持っていることで……。おきちは勿論《もちろん》のこと、他の女中たちは八寸《はっすん》や先付《さきづけ》の調理法がどうかなんてことに関心を払おうとしやせんが、里実は材料や調理法まで訊ねてきやすからね……。なんでも、客に訊《き》かれたときに答えられなくては困るからというのが理由だというんだが、あっしは里実の気持が解《わか》るもんだから、訊かれれば快《こころよ》く答えてやることにしてやすんで……」

巳之吉がそう言うと、潤三が目をまじくじさせる。

「それは板頭《いたがしら》が偉《えれ》ェってことで……。だってそうでやしょう？　女中に調理法を訊ねられて、快く答えてやる料理人がどこにいようかよ！　心の広《ひれ》ェ板頭だから出来ることで、誰にでも出来るってもんじゃねえからよ」

「いや、正《まさ》な話、あっしもこれが他の者から訊かれたのであれば鬱陶《うっとう》しく思ったかもしれねえが、相手が里実じゃ無下《むげ》には断れねえ……。あいつ、ちょうらかしてるのじゃなくて、真剣《しんけん》な面差《おもざ》しをして訊いてくるもんだから、あっしもつい生真面目《きまじめ》な顔をして答えちまうんで……」

巳之吉が照れ臭そうに言う。

「これも女将修業の一つ……。きっと、里実はそう考えてるんでしょうな」

達吉が仕こなし顔にそう言うと、おりきも頷く。

里実は女将修業の一つとして料理に関心を払うとともに、心から料理が好きなのであろう。

巳之吉の料理を目にする度《たび》に、同じ食材であっても、調理方法や盛りつけ、器《うつわ》の選び方により如何《いか》に違ってくるかを目の当《まあ》たりにし、頭の中でその風味合までを想起《そうき》しているに違いない。

振り返るに、おりきも先代に拾われ立場茶屋おりきの女中を務《つと》めるようになったばかりの頃は、目新しい料理の数々に胸を躍《おど》らせていたのである。

当時は立木雪乃《たちきゆきの》と名乗っていたおりきは瀬戸内の小藩の柔術指南《じゆうじゆつしなん》の家に生まれ、幸いにも海の幸山の幸に恵まれて育ってきたが、武家の厨《くりや》で作るものといえば、魚なら刺身《さしみ》か煮魚《にざかな》、焼魚《やきざかな》と相場《そうば》が決まっていた。

それが、ほんの少し手間をかけただけで、こんなに見事な馳走《ちそう》に変わってしまうとは……。

これが、板前の手になる料理なのだ……。

そう思うと毎度胸が沸《わ》き立ち、おりきは目から鱗《うろこ》が落ちたような想《おも》いに陥《おちい》ったものである。

とは言え、実際にはいつも眺《なが》めるだけで、おりきの口に入ることはない。

それが、先代がおりきを二代目女将にと心に決めた頃《ころ》から、少しばかり事情が変わってきた。

一廻《ひとまわ》り（一週間）に一度は先代とおりきの会食の場が設《もう》けられ、板頭の料理が味わえるようになったのである。

　当時の板頭は巳之吉ではなく房次《ふさじ》という男であったが、房次の料理を口にしたおりきは、それまで頭の中で想起していた風味合と実際の味にさほど違いのないのに驚いた。

「どうやら、おまえが心に描《えが》いていた味とさして違わなかったようだね……。と言うことは、あたしの勘《かん》もまだ衰《おとろ》えちゃいなかったってことだ……。いえね、あたしはおまえの舌や料理を見極《みきわ》める目を信頼していたんだよ。おまえが育った瀬戸内は海の幸山の幸に恵まれたところ……。しかも、柔術指南の家格に育ち、食べる物に困るようなことはなかっただろうと睨《にら》んだってわけでさ！　それが証拠に、おまえが料理を見るときの、なんという目の輝きよう……。まるで、板頭の料理を賞玩《しょうがん》しているようで、おまえこそ、二代目女将を継《つ》ぐべき女《おな》ごと見た……。それで、あたしの腹は決まりました。雪乃、今後は若女将としてあたしの下に就《つ》いて行動するのです。いいですか？　立場茶屋おりきの屋台骨《やたいぼね》を支え、生涯、茶屋や旅籠《はたご》に身を捧《ささ》げる覚悟はおありですね？」

　先代はそう言い、おりきを二代目女将として鍛《きた》えていったのだった。

　それから数年後、先代はおりきに女将の座を譲《ゆず》ると一線を退《しりぞ》き、病臥《びょうが》するように……。

おりきはその時点で、立木雪乃という名を捨てたのである。

房次の引退に伴《ともな》い、巳之吉を板頭に引き立てたのはおりきの手腕《しゆわん》といってもよいだろう。

房次から、そろそろ引退を……、と切り出され、さて一体誰を後釜《あとがま》にと頭を抱《かか》えているときに、京《きよう》の紙問屋高田屋《たかだや》の旦那《だんな》から、京で修業した腕の良い料理人がいるが使ってみる気はないか、と引き合わされたのが巳之吉だった。

なんでも、巳之吉は十三歳のときに大火で天涯孤独《てんがいこどく》の身となり、深川堀川町《ふかがわほりかわちよう》の小料理屋ふる瀬の親方に引き取られ下働きをしていたが、巳之吉に料理の才があることを見抜いた親方が、ふる瀬を平清《ひらせい》並の料理屋にするべく京の料理屋都々井《つつい》へと修業に出したというのである。

「おめえには全てを教え込んだ。これなら平清だろうが八百善《やおぜん》だろうが、どこに出しても決して引けは取らねえ。だがよ、おめえはまだ若《わけ》ェ。これ止まりの男になってもらいたくねえんだ。どうだろう、おめえ、京に行ってみる気はねえか？　料理の真髄《しんずい》はなんといっても関西だ。俺《おり》ャよ、おめえに巳之吉にしか出来ねえ料理を作ってほしいんだ。おめえには他の板前にはねえ才がある。それを生かすか殺すかは、おめえの料理に対する意気込みひとつ。大丈夫《でえじょうぶ》だ。京への道はつけといた。だからよ、何があろうと、最低四年は帰《けえ》って来るな。俺ャよ、四年して、おめえが関東の料理人が足許《あしもと》にも及ばねえほどの料理人となって帰《けえ》って来る日を愉しみにしているぜ」

ふる瀬の親方はそう言ったという。

ところが、巳之吉が都々井に行って間なしのことである。

ふる瀬の親方が酔《よ》っ払いに大怪我《おおけが》を負《お》わせ、人足寄場《にんそくよせば》送りになってしまったというではないか……。

巳之吉はすぐさま江戸に引き返そうとした。

ところが、それを止めたのが都々井の御亭《ごてい》で、御亭は、一旦、寄場送りになったからにはもう手の施《ほどこ》しようがない、しかも、あたしとしてはおまえを関東一の料理人に仕込まなければ役目を全《まっと》うしたことにはならない、ふる瀬の親方も何よりそれを望んでいるはずだ、親方が寄場で三年の労役《ろうえき》を終え、御赦免《ごしゃめん》となる日、その日がおまえと親方の新《あら》たなる門出《かどで》になると思い、その日まで精進《しょうじん》することだ……、と言ったという。

ところが、三年で御赦免になるはずだった親方が、御赦免まであと僅《わず》かというときになって寄場役人に怪我を負わせ、放免《ほうめん》が先に延《の》びることに……。

聞くと、親方が寄場送りになって水茶屋《みずぢゃや》に出るようになった女房に男が出来たそうで、女房から退状《のきじょう》を迫《せま》られた親方が自棄無茶《やけむちゃ》になったのが原因とかで、巳之吉は目の前が真っ暗になったそうである。

結句、巳之吉は当初四年の予定だった都々井での修業を三年で切り上げ、江戸に戻ることに……。

ふる瀬の始末も気になったが、他の店衆《たなし》の身の有りつきを我が目で確かめたいと思ったのである。

都々井の御亭も今度は止めなかった。

「それがいいでしょう。以前、あたしはふる瀬再興《さいこう》の暁《あかつき》には力になりましょうと言ったが、親方の現在《いま》の有り様を見ていると、まっ、その日はないと思っていいでしょう。だが、巳之吉には巳之吉の立場がある。おまえが江戸に帰って、いつの日にか御赦免になる親方のために、今から準備をしておこうと思うのなら、あたしには止める理由がありません。だがね、これだけは言っておきましょう。己《おのれ》を大切にするのですよ。あたしはね、おまえが己のために見世《みせ》を一から起こそうとするのなら、そのときは悦《よろこ》んで力になるつもりですからね」

御亭はそう言い、過分《かぶん》すぎるほどの餞《はなむけ》を包んでくれた。

ふる瀬は人手《ひとで》に渡り、店衆の消息《しょうそく》は朔治《さくじ》という男が千鳥橋《ちどりばし》の袂《たもと》に屋台店を出していることが判《わか》っただけで、質《しち》の流れと人の行く末は知れないという言葉通り、あとは皆《かい》目判《もく》らず終《じま》い……。

巳之吉が千鳥橋で高田屋の旦那に出会《でくわ》したのは、そんなときだった。

巳之吉は現在《いま》でも時折、あのとき高田屋の旦那に出逢わなかったら、今日という日はなかった……、としみじみとした口調で言う。

おりきもそう思う。

あのとき、高田屋から巳之吉を紹介されなかったら、立場茶屋おりきは江戸で名だたる料理旅籠になっていなかったと……。

「わたくしはいつも、高田屋さまに手を合わせているのですよ。無論《むろん》、巳之吉、おまえにもです。よくぞ、わたくしたちの許《もと》に来て下さいましたね」

おりきがそう言うと、巳之吉は気を兼ねたように首を振る。

「滅相《めっそう》もない。礼を言わなくちゃならねえのは、あっしのほうで……。あっしはここを生涯《しょうげえ》の仕事場にしてェと思っていやす。身寄りのねえあっしにとって、ここは極楽《ごくらく》。いや、我が家でもあり、神聖な仕事場でもありやす。あっしはてめえの見世を持ちてェと思ったことは一遍《いっぺん》もありやせん。ふる瀬の親方のことも、一度は親方のために見世をと思いやしたが、あれからもう、六、七年……。親方の歳《とし》を考えると、とても無理な話。それで、あっしは親方を父親《てておや》として面倒を見るつもりでいやした。それが……」

巳之吉はそう言い、辛《つら》そうに顔を歪《ゆが》めた。

ふる瀬の親方が寄場内で首縊《くびく》りしたというのである。

それも、親方が首縊りしたのが、新たに御赦免の触《ふれ》が出た翌日のこと……。

巳之吉は親方の死に愕然《がくぜん》とした。

思うに、親方には寄場より娑婆《しゃば》にいるほうが地獄《じごく》だったのであろう。

朔治と二人して本湊《ほんみなと》の投込寺《なげこみでら》に親方を葬《ほうむ》ってきた巳之吉は、肩を落としてこう言った。

「けれども、思ったより、親方が穏《おだ》やかな顔つきをしてやしてね。あっしは、ああ、親方はこれで本当に安らかに眠れるんだと思い、そう思うと、哀《かな》しさや無念《むねん》さより、安堵感のほうが大きくなりやした。けど、あっしは親方に何ひとつ恩が返《けえ》せなかった……。そのことは、生涯《しょうげえ》、悔《く》いとなって心に残りやす。けれども、都々井の御亭の言葉をふっと思い出しやしてね。親方に恩を返《けえ》したければ、もっと腕を磨《みが》け、おまえを一流の板前にするのが親方の望みだったんだ……。そんなふうに御亭は言われやした。手前勝手《てめえがって》な解釈とは解っていやすが、あっしもそう思うより仕方がありやせん……」

以来、巳之吉は親方のことには踏ん切りがついたとみえ、立場茶屋おりきのために、いや、おりきのために一心不乱《いっしんふらん》に尽くしてくれているのだった。

そうして、現在《いま》では、おりきにとって巳之吉はなくてはならない存在……。

こうして、二人三脚で歩いてきた道……。

今後もそれは続いていくだろうが、そろそろ二人にも後継者を育てなければならないときがやってきたようである。

福治は巳之吉の下で着々と腕を上げ、おりきも先代から教えられたことを里実に伝えなくてはならない。

おりきはつと目を上げると、巳之吉に微笑《ほほえ》みかけた。

「巳之吉、今宵《こよい》の夕餉膳を里実にも食べさせたいと思います。一人前、追加することが出来ますか？」

「へえ、そいつァ構わねえですが、里実に食わせるって、一体《いってえ》……」

巳之吉が目を瞬《しばたた》く。

「あっ、これも女将修業の一つでやすね？　先代が女将さんになさっていたように、目だけではなく、板頭の料理を舌でも玩味《がんみ》しろってことで……」

達吉が仕こなし顔に頷く。

巳之吉にもやっとおりきの真意《しんい》が解ったとみえ、大仰《おおぎょう》に頷いてみせる。

「ようがす！　委《まか》せといて下せえ」

巳之吉はきっぱりと言いきった。


幾千代《いくちよ》が南本宿《みなみほんしゆく》の料理屋菊水《きくすい》の御亭に声をかけて玄関先に出ようとすると、二階から下りて来た菊丸《きくまる》が呼び止めた。

「幾千代さん、ちょいといいかえ？」

「ああ、今宵のお座敷はここで終いだけど……」

「だったら付き合っておくれよ。ほら、先《せん》に行っただろう？　魚新《うおしん》って見世……。そこで一杯どうかしら？」

ああ……、と幾千代が頷く。

魚新は北本宿《きたほんしゆく》の問屋《といや》の脇を西に入ったところにある小料理屋で、以前、幾富士《いくふじ》が芸者を退《しりぞ》くことになった際に菊丸に案内されて行ったことのある見世である。

魚新の板頭弓也《ゆみや》は以前南本宿の辻村《つじむら》という料理屋にいた男で、置屋《おきや》春川《はるかわ》の抱《かか》え芸者瓢吉《ひょうきち》と駆け落ちをして姿を晦《くら》ませていたが、瓢吉と赤児《やや》を同時にお産で亡くしてしまい自棄無茶になっていたところを近江屋忠助《おうみやただすけ》が救いの手を差し伸べ、先つ頃《さいごろ》忠助が買い取ったばかりの北本宿の見世を委せることにしたという。

あれから、ほぼ二年……。

弓也の料理はどこかしら乙粋《おついき》で、見世も小洒落《こじゃれ》ていて落着きがあったので幾千代もすっかり気に入り、またすぐにでも顔を出すつもりでいたのだが、何かと忙《いそが》しさにかまけて、あれ以来、一度も訪ねて行っていなかったのである。

と言うか、幾千代が自ら《みずか》見世に顔を出したのでは、金の催促《さいそく》と誤解されるのではないかと懸念《けねん》したというのが本音《ほんね》であろうか……。

幾千代は大尽貸《だいじんが》しの客には情《なさ》け容赦《ようしゃ》もなく金の取り立てをするが、情に絆《ほだ》されて貸した金にはまったく以《もっ》て頓着《とんちゃく》しない。

元々、瓢吉の場合は頼まれて借金の肩代《かたが》わりをしてやったわけではなく、幾千代の一存《いちぞん》でしたことである。

二年前、弓也が品川宿《しながわしゅく》に戻って来たと知らずに初めて魚新を訪ねた幾千代の前で、弓也は平謝《ひらあやま》りに謝った。

「申し訳ありやせん……。あっしもおきた（瓢吉の本名）も、いつの日にか必ず、姐《ねえ》さんに金を返《けえ》そうと口癖《くちぐせ》のように言ってきやした……。ところが、二人して手に手を携《たずさ》え逃げたのはいいが、なんとか口を糊《のり》していくのが筒一杯《つついっぺえ》で、今日まで不義理をしてしめえやした……。あいつが置屋に残した借金を姐さんが肩代わりして下さったことを知らなかったわけじゃありやせん。あのときはただただ逃げることで頭が一杯《いっぺえ》で、後先《あとさき》考えずに動いてしめえやしたが、いつ追っ手がかかるかと生きた空もなかったのが事実で……。それがあるとき、風の便りに、姐さんが肩代わりして下さったと知り、それでやっと、枕を高くして眠ることが出来るようになりやしたんで……。が、胸の内では、姐さんに済まねえことをしたと忸怩《じくじ》たる想いで……」

「弓也さん、もういいよ。あちしはさァ、おまえさんに恩を売るつもりでしたわけじゃない。何故《なぜ》と言われてもはっきりと答えられないのだが、そう、何かに突き動かされたとでも言おうかね……。あのとき、おまえさんたちを助けなきゃと、その想いだけが先走っちまってさ。そういうことだから、気を兼ねることはないんだよ」

「いや、いけやせん！　不義理をしたままでは、おきたが安心して成仏《じょうぶつ》できやせん。姐さん、もう少し待って下せえ！　近江屋の旦那の厚意に甘えたのも、品川宿に戻り姐さんの近くにいれば、いつも金を借りていることを頭の片隅《かたすみ》に置き、一日も早く返《けえ》そうという気になれると思ったから……。まだこの見世を出して一月足《ひとつきた》らずだが、順調に運べばなんとか少しずつでも……。我勢《がせい》しやす！　約束しやすんで、どうか待っていておくんなせえ……」

弓也はそう言い、手を合わせた。

幾千代にしてみれば、何がなんでも十両の金を戻してもらおうと思っていたわけではない。

瓢吉は幾千代が目をかけていた芸者の一人で、舞《まい》が上手《うま》く、芸者にありがちな権高《けんだか》なところがないのが気に入っていた。

その瓢吉が辻村の板前と鰯煮《いわしに》た鍋《なべ》（離れがたい関係）となり、手に手を取って逃げたというのであるから、見て見ぬ振りが出来なくなり、間に入って渡引《わたりひき》してやったのである。

「そりゃさ、おかあさんは飼《か》い犬に手を噛《か》まれたと思い、業腹《ごうはら》だろうさ……。瓢吉が三船屋《みふねや》の旦那に落籍《ひか》されたほうが金にもなるだろうさ。けどさ、恋は仕勝《しがち》……。心底《しんてい》尽《ず》くになった男と女《おな》ごが結ばれるほうがよっぽどいい！　それに、聞けば、瓢吉の借金は十両というじゃないか……。ああ、よいてや、よいてや！　その金はあちしが耳を揃えて払おうじゃないか……。それなら春川に損はないし、若い二人を祝福して送り出してやれるじゃないか。言っとくが、おかあさんがあちしに気を兼ねることはないんだよ。

あちしが勝手にすることだし、こんなことで恩を売ろうなんて気はさらさらないんだからさ！」

幾千代はそう言い、惜《お》しげもなく春川の女将に十両差し出した。

従って、十両を肩代わりしたといっても、返してもらおうとは露《つゆ》ほども思っていなかったのである。

ところが、弓也が品川宿に戻って来ていたとは……。

しかも、話を聞けば、二人が所帯を持って八年目にやっと子宝《こだから》に恵《めぐ》まれたかと思ったら、瓢吉が難産の末死んでしまったというではないか……。

「一時はあっしは気落ちして、とても包丁《ほうちょう》を握《にぎ》れる状態じゃありやせんでしたが、自棄無茶になりどろけん（泥酔《でいすい》）になっていたところをある男《ひと》に諭《さと》されやしてね……。おまえがそんなんじゃ、とても瓢吉は浮かばれない！　あいつはおまえの腕に惚《ほ》れて、置屋に不義理してまでおまえと駆け落ちしたのだからよと……。あっしは強《した》かに頬《ほお》を打《ぶ》たれたように思い、やっと目が醒《さ》めやした……。それで、その男《ひと》が北本宿に恰好《かっこう》の見世を手に入れたんで、おまえさん、そこを仕切ってみる気はないかと言われやして……」

弓也はそう言った。

そのある男《ひと》というのが、何を隠そう、近江屋忠助だったのである。

幾千代は忠助が辻村の御亭と昵懇《じっこん》の間柄《あいだがら》で、突然弓也に見世を辞《や》められ激怒する御亭を宥《なだ》めてくれたということを春川の女将から聞いて知っていた。

だが、何ゆえ、忠助は小料理屋の経営に乗り出したのであろうか……。

その疑問は、菊丸が訳知り顔に解《と》いてくれた。

「ここは居酒屋だったんだけどさ……。なんでも、先《せん》に近江屋の板場にいた男が親の遺産を元手《もとで》に出したらしいんだが、その男、手慰《てなぐさ》みに嵌《はま》り、二進《にっち》も三進《さっち》もいかなくなったそうでさ……。それで、安くてもいいから金に替《か》えたい、と旦那に泣きついたというのさ。ところが、旦那は見世の権利を手に入れたのはいいが、さて、どうしたものかと思案《しあん》投げ首考えていたところでさ……。そんなとき、浅草《あさくさ》で弓也さんに出会した……」

成程《なるほど》、そういうことだったのか……。

幾千代もそれですべて納得がいったのである。

そんな理由《わけ》で、成り行き上、幾千代は今後少しずつでも弓也から金を返してもらうことになったのだった。

弓也は約束通り、正月明けに一両、そして、盂蘭盆会《うらぼんえ》に二両を返しに来て、残りは四両……。

大尽貸しのように高利も取らず、期限も切っていなかったが、幾千代は弓也の一日でも早く返済しようと思うその気持を嬉しく思った。

それ故《ゆえ》、つい、幾千代は魚新に顔を出すのを憚《はばか》ってしまい、脚《あし》が遠のいてしまっていたのである。

「あれから、あちしは一度も魚新に行っていないんだけど、その後どうだえ？　少しは常連客がつくようになったかえ？」

行合橋《ゆきあいばし》を渡りながら幾千代が訊ねる。

菊丸は、ええ、そりゃもう！　と大仰に頷いた。

「あたしはちょくちょく顔を出すんだけど、下手《へた》をしたら坐《すわ》る場所がなくて四半刻《しはんとき》（三十分）も待たされることがあるほどだからさ！」

「へえェ……。じゃ、近江屋の旦那はほくほく顔だ！　いくら弓也の腕を信頼しているといっても、旅籠しかやったことのない近江屋だ……。小料理屋に手を出して巧《うま》く廻《まわ》していけるだろうかと案じていたんだろうが、これでもう、旦那もひと安心だね」

「客は正直だからさ！　板前の腕が良いと、放っていても客が寄って来る……。まっ、近江屋にしてみれば、よい買い物をしたってわけでさ。そうそう、この前、幾千代さんと一緒に行ったとき、愛想《あいそ》の良い小女《こおんな》がいただろう？　あの女《ひと》、現在《いま》、これだよ！」

菊丸が片手でお腹《なか》を膨《ふく》らませてみせる。

「この前いた小女って……。ああ、雛人形《ひなにんぎよう》みたいにつるりとした顔をした女ごのこと？　えっ、これって、つまり、身籠《みご》もってるってこと？」

幾千代が目を瞠《みは》る。

確か、二十歳《はたち》前の小娘のように思ったが、まさか、既《すで》に所帯を持っていたとは……。

「それがさァ、赤児《やや》の父親《てておや》ってのが誰《だれ》だと思う？」

菊丸が仕こなし振りに幾千代を窺《うかが》う。

「まさか、弓也だというんじゃないだろうね？」

「その、まさかなんだよ……」

えっと、幾千代は息を呑《の》んだ。

「その女ご、お悠《ゆう》っていうんだけどさ……。まだ十九だし、二人がそんな間柄になっているとは誰も思っちゃいなかったんだが、お悠ちゃんのお腹が目立って来ちまったもんだから、もう周囲《まわり》に隠せやしない……。それで、近江屋の旦那が父親《てておや》は誰なのかと問《と》い詰《つ》めたところ、弓也さんだと白状したってわけでさ……。ところが、弓也さんたら、旦那からそんなことになったのなら責めを負《お》うようにと迫《せま》られても、お悠ちゃんと所帯を持つことを渋《しぶ》ったというのさ……」

「渋るって、そんな……」

「だろう？　まっ、未《いま》だに死んだ瓢吉に未練たらたらの弓也さんの気持が解らなくもないんだが、お悠ちゃんが赤児《やや》を孕《はら》んじまったのだから、責めを負わないわけにはいかない……。それで、先月やっと、渋々《しぶしぶ》所帯を持つことを決断したらしいんだが、お腹の赤児《やや》はもう七月《ななつき》だ……」

「七月《ななつき》……。てことは、四月にはもう……」

幾千代は目を瞬いた。

瓢吉と赤児《やや》を同時に失い、あれほど意気阻喪《いきそそう》していた弓也の、この変わり身の早さはどうだろう……。

「おきたのためにも一日も早く姐さんに金を返《けえ》さなきゃ……。それでねえと、あいつはいつまでも浮かばれねえ……」

あのとき弓也はそう言い、今にも泣き出しそうな顔をしていたが、では、あれは嘘《うそ》だったのであろうか……。

問屋の脇を西に曲がると、魚新と書かれた行灯型看板《あんどんがたかんばん》が目に飛び込んでくる。

菊丸は脚を止めると、幾千代に目を据《す》えた。

「見世に入るまでに言っておかなきゃならないんだけど、お悠ちゃんのお腹の赤児《やや》のことでは、根から葉から訊かないでいてほしいんだよ。と言うのも、弓也さんの心の中には未だに瓢吉がいるみたいでさ……。なんで弓也さんがお悠ちゃんに手をつけたのかまでは解らないんだが、まっ、男と女ごの間にはいろいろあるじゃないか……。実際に赤児《やや》が生まれれば、それなりに弓也さんにも踏ん切りがつくのだろうけど、現在《いま》はまだ触《ふ》れられるのが辛いみたいでさ……。とは言え、お悠ちゃんのお腹を見れば、どうしたって、その件に触れないわけにはいかない……。だから、前もって、現在《いま》あの二人がどんな状況にいるのか話しておこうと思ってさ」

「ちょいと待っておくれよ！　じゃ、あちしはなんて言えばいいのさ……。だって、赤児《やや》のことにまったく触れないわけにはいかず、かと言って、触れすぎてもならないって言うんだろ？　だから、どうしろというのさ！」

幾千代が気を苛《いら》ったように言う。

「二人が所帯を持ったことは事実なんだから、祝いを言ってやるのはいいさ。赤児《やや》が生まれることも、さらりと祝いの言葉を言うだけに留《とど》めておけば問題はないと思う……。いえね、正《まさ》な話、あたしにもどう言ってやればよいのか解らないんだよ」

「おまえさんはどう言ったのかえ？」

「あたし？　あたしは……。あら嫌《いや》だ！　あたし、祝いの言葉すら言っちゃいなかった……。ただなんとなく、末永《すえなが》く幸せにねとか、一廻り（十二歳）以上も歳《とし》が離れているけど、そんなのは世間にざらにあることだから気にするんじゃないよとか……。それそうだよ、今、気がついたけど、赤児《やや》のことには一切《いっさい》触れなかったような……。それがさ、近江屋の旦那から弓也さんがお悠ちゃんと所帯を持つことを渋ったと聞かされていたもんだから、つい、赤児《やや》の話を避《さ》けちまって……」

「てんごうを！　赤児《やや》が出来たことは紛《まぎ》れもなき事実なんだから、思ったことをさらりと口に出してしまったほうがいいんだよ。おまえさんみたいに真綿《まわた》でくるむような接し方をしてたんじゃや、却《かえ》って、傷口に塩を塗《ぬ》るようなもの……。ああ、おたまりもない（堪《たま》ったものではない）！　あちしは言いたいことは言わせてもらうからさ。さっ、行こうじゃないか」

　幾千代はぞん気に言うと、行灯型看板を目掛けて刻《きざ》み足に歩いて行った。


「いらっしゃいませ！」

幾千代が縄暖簾《なわのれん》を掻《か》き分《わ》けると、飯台《はんだい》の上を片づけていた小女が振り返り、幾千代の背後に菊丸の姿を認めて破顔《はがん》する。

「おいでなさいませ。姐さん、今、お帰りで?」

この小女には見覚えがないところをみると、では、お悠の後から見世に入った女ごなのであろう。

歳は三十路《みそじ》近くであろうか……。

「ああ、菊水で幾千代さんと一緒だったもんでね。急いで熱いところを燗《つ》けておくれでないか」

菊丸はそう言うと、勝手知ったる我が家とばかりに、小上《こあ》がりに向けて歩いて行った。

五ツ半(午後九時)を廻っているせいか、店内には空席が目立った。

が、まだ片づけられないまま飯台の上に残された徳利《とつくり》や皿小鉢《さらこばち》から見るに、今し方まで応接に暇《いとま》がないほどの賑《にぎ》わいだったのが窺える。

板場の中から盆を手に出て来たお悠が、幾千代の顔を見て、あらっと首を傾《かし》げる。

「無沙汰《ぶさた》をしちまったね!　商売繁盛《しょうばいはんじょう》のようで何よりだ」

幾千代が店内を見廻《みまわ》し、お悠に目まじしてみせる。

「まあ、幾千代姐さんじゃありませんか！　よくお越《こ》し下さいました。さあさ、どうぞ、お上がり下さいませ」

お悠が迫《せ》り出したお腹に手を当て、気恥ずかしそうな笑《え》みを浮かべる。

幾千代は小上がりに上がると、お悠のお腹に目をやり、

「聞いたよ。お目出度《めでた》だってね？　現在《いま》が七月《ななつき》っていうと、じゃ、生まれるのは二月ってこと……。あちしは板頭と所帯を持ったことを知らなかったもんだから、祝いもしていない。悪かったね」

と言った。

そこに、三十路近くの小女が銚子《ちょうし》と突き出しを運んで来て、お知り合いで？　と訝《いぶか》しそうな顔をする。

「なに、あちしは先《せん》に一度来たきりでさ……。別に見限《みかぎ》ったってわけじゃないんだけど、何かと忙しくしていてね」

するとそこに、捻り鉢巻を外しながら弓也が板場から出て来た」

「これは、幾千代姐さん……。よくぞお越し下せえやした」

「無沙汰をして済まなかったね。菊丸姐さんから聞いたんだが、按配《あんばい》よく見世が運んでいるとか……。もう二年だもんね。石の上にも三年というが、これならもうひと安

心だ。それに、聞くと、お目出度続きなんだって？　良かった、良かった……。これで、あちしも胸を撫《な》で下ろしたよ」

「へっ、こりゃ、どうも……」

弓也が恐縮したように肩を丸める。

「まさか、あっしもこんなことになるとは……。姐さん、これには理由《わけ》がありやして……。あっしは姐さんから怒鳴られるのじゃなかろうかと気が気じゃなくて……」

「あちしが怒鳴るだって？　怒鳴るわけがないじゃないか……。莫迦《ばか》なことを言うもんじゃないよ。それよか、この前来たときに食べた、ほら、豆腐や蛤《はまぐり》の入った鍋……。あのまったりとした味が忘れられないんでね。あれを作っておくれよ」

「ああ、三白鍋《さんぱくなべ》でやすね？　生憎《あいにく》、今宵は鱈《たら》を仕入れてねえんで、鯛で作らせてもれエやすが、それでも構いやせんか？　鱈より幾分《いくぶん》あっさりとした風味合になりやすが……」

「ああ、それで構わないよ。あとは適当に見繕《みつくろ》っておくれ、委せるから……」

「解りやした。では、締《し》めは三白鍋の出汁《だし》でいつものように雑炊《ぞうすい》といきやしょう」

「ああ、そうしておくれ」

弓也は会釈《えしやく》して立ち上がろうとしたが、つと腰を屈《かが》めると、幾千代の耳許《みみもと》に口を近づけた。

「年が明けたら、また幾《いく》らか返《けえ》しに行かせてもれェやすんで……」

弓也が小声で囁《ささや》く。

「解ってるってば！　気にするんじゃないよ」

「ああ、それから、お悠のことでは本当に申し訳ありやせん。こうなってしめえ、あっしも抜き差しならなくなったもんで……。どうかお許し下せえ……」

幾千代がきっと弓也の顔を睨みつける。

「いつまで、てんごうを言ってるんだえ！　それ以上言うと、本当に怒るよ。瓢吉はもうこの世にいないんだ。それよか、お悠さんと生まれてくる赤児《やや》を筒一杯慈《いっく》しんでやることだね」

「へい。姐さんの口からその言葉が聞けて、やっと胸の痞《つか》えが下りたような気がしやす。じゃ、ごゆるりとなさって下せえ……」

弓也が腰を低くしたまま去って行く。

幾千代は身を乗り出すようにして、土間のほうを窺った。

やれ、どうやら、弓也との会話は、お悠の耳に届いていなかったようである。

幾千代はほっと息を吐《つ》くと、菊丸の盃《さかずき》に酒を注《つ》いだ。

「もう一人の小女は、いつからここに来るようになったのかえ？」

「ああ、お佐智《さち》さんのことかえ？　三月《みつき》ほど前からだよ。お悠ちゃんのお腹が目立つようになって急遽雇《きゆうきよやと》い入れたらしいんだが、年恰好《としかつこう》から見れば、あの女《ひと》のほうがよっぽど弓也さんの女房に見合ってる……。けど、色は分別《ふんべつ》の外《ほか》といってね、色事だけは型通りにいかないものでさ。瓢吉の死後、弓也さんが一廻り以上も歳下《としした》のお悠ちゃんと理《わり》ない仲になったのも何かの縁……。さっ、飲もうじゃないか！　おや、鰯《いわし》のカピタン漬《づけ》かえ？　まっ、なんて美味《うま》そうなんだろう……」

菊丸が目を輝かせる。

カピタン漬は南蛮漬《なんばんづけ》とも呼ばれ、鰯や小鯵《こあじ》、公魚《わかさぎ》を唐揚《からあげ》にしたものと刻み野菜を二《に》杯酢《はいず》か三杯酢《さんばいず》に漬け込んだもので、好みによって赤唐辛子《あかとうがらし》の小口《こぐち》切りが加えられるが、今宵は葱《ねぎ》、椎茸《しいたけ》、木耳《きくらげ》が漬け込まれていた。

お佐智が縞鯵《しまあじ》と烏賊《いか》の刺身《さしみ》を運んで来る。

「この後、三白鍋をお持ちしますが、その前にお銚子を二本ほどお燗けしましょうか？」

幾千代が、どうする？　と菊丸に目で訊ねる。

「ああ、そうしてもらおうよ。実は、今宵は幾千代さんに聞いてもらいたいことがあってさ……。話すには、酒の力を借りなきゃならないんで、じゃ、貰《もら》おうかね……」

「畏《かしこ》まりました」

　お佐智が燗場《かんば》に戻って行くと、幾千代は改まったように菊丸に目をやった。

「話って……」

「いえね、年が明けたら、あたしも五十六だ……。そろそろ、お座敷を退《ひ》こうかと思ってさ」

　えっと、幾千代が挙措《きょそ》を失う。

「ちょっと待ってよ！　お座敷を退くって……。おまえさんはまだそんなに息災《そくさい》なのに……。喉《のど》だって、決して衰えちゃいない！　寧《むし》ろ、甲羅《こうら》を経《へ》て、以前よりずっと艶《つや》っぽくなったというのに……。まさか、誰かに何か言われたんじゃないだろうね？　婆《ばばあ》がいつまでもしゃしゃり出るもんじゃないとか、御座《おざ》が冷《さ》めるとか……。もし、そうなら、誰が言ったか言ってみな！　あちしがただじゃおかないんだから……」

　幾千代が思わず甲張《かんば》った声を上げると、菊丸がしっと唇《くちびる》に指を当てる。

「そんなんじゃないんだよ。いえね、以前から考えていたんだよ。五十五になったら芸者を退こうって……。ところが、まだいいか、まだいいかと老《お》いた身体《からだ》を奮《ふる》い立たせるようにしてお座敷を務めているうちに、はっと気づくと、来年は五十六……。どこかで線引きしなくちゃならないんでね。それに、正な話、この頃うち、高い声が掠《かす》れるようになっちまって……。それで、今年を最後に身を退こうかと思ってさ。人間、惜しまれるくらいで身を退くのを潔《いさぎよ》しとするが、あの婆《ばあ》さん、いつまで醜態《しゅうたい》をさらすのだ、と陰口を叩《たた》かれるようになったら終いだからさ……」

「てんごうを言ってんじゃないよ！　陰口を叩きたい奴には叩かせておけばいいのさ。姐さん、駄目だよ。一線を退いちまってみな？　それこそ、一気に老《ふ》け衰えちまうんだからさ。それに、姐さんに退かれたんじゃ、あちしは一体どうすりゃいいのさ……。あちしだって、結構な歳なんだからさ」

「何言ってるんだよ。幾千代さんはあたしより三歳も歳下じゃないか……。それに、あたしとおまえさんは同じ地方《じかた》といっても、地唄《じうた》や常磐津《ときわづ》のように喉を使うわけじゃない……。三味線《しゃみ》なら、あと十年は一線でやっていけるってもんだ！　だから、あたしがいなくなっても、おまえさんなら大丈夫だよ」

「そりゃそうかもしれないが、おまえさんがいなくなったら、五十路《いそじ》を過ぎた芸者はあちし一人ってことになる……。嫌だよ、心細いじゃないか！」

幾千代が心許《こころもと》ない声を出すと、菊丸がくすりと肩を揺《ゆ》らす。

「なんだえ、幾千代さんらしくもない！　いつも強気なおまえさんの口から出る言葉とは思えないよ。品川宿に幾千代ありき、と江戸の花街《はなまち》にまで名前が轟《とどろ》いているっていうのに、そんなに弱気でどうするってェのさ！　おまえさんはね、あたしなんていなくても、この品川宿の顔なんだからさ。大きな顔をして、のさばってりゃいいのさ……」

「そんなことを言ったって……」

幾千代が恨《うら》めしそうに菊丸を見る。

いつかはこの日が来ると解っていたが、まさか、今宵、この場で切り出されるとは……。

菊丸は品川宿では古株《ふるかぶ》中の古株である。

しかも、幾千代のように途中から品川宿に移ってきた芸者と違い、見習、小玉《こだま》、一本、自前へと一から品川宿で叩き上げられた芸者……。

振り返るに、菊丸には一度も旦那がつかず、浮いた話の一つなかったように思う。

だがそれは、幾千代が知らなかっただけのことで、旦那がいたのかもしれないし、また思い人の一人や二人はいたのかもしれないが、少なくとも、三十路近くで幾千代が品川宿に鞍替《くらが》えしてから今日まで、幾千代の目には、菊丸は芸に生きる女ごとしてしか映《うつ》らなかったのである。

「さあ、お食べよ。この縞鯵、なんて美味《おい》しいんだろ！　脂《あぶら》が乗っていてさ。さっ、早く、お食べよ！」

菊丸が幾千代に目弾《めはじき》してみせる。

幾千代は刺身を口許《くちもと》まで運び、ふうと太息《ふといき》を吐いた。

三白鍋が運ばれて来て、話は一旦《いったん》中断となった。

「熱いうちに食べちまおうよ」

菊丸が土鍋《どなべ》の蓋《ふた》を取る。

わっと湯気《ゆげ》が立ち上り、蛤と鯛、豆腐が姿を現す。

この前に比べ、ほんの少し出汁に濁《にご》りが少ないように思えるのは、魚が鱈から鯛に替わったからであろうか……。

菊丸が幾千代の片口鉢《かたくちばち》に鯛と蛤、豆腐を取り分け、レンゲで汁《つゆ》を掬《すく》うと、ほら、お食べよ、と微笑みかける。

幾千代の胸がカッと熱くなった。

これまで何度も食事を共にしてきたが、鍋物のときはいつも菊丸が世話女房ぶりを発揮し、目を細めて幾千代が食べるのを見守るのだった。

それなのに、今後はもうこうして鍋を囲《かこ》むことが出来なくなるとは……。

「姐さんにこれまで何度こうして装《よそ》ってもらったかしら……」

幾千代がしみじみとした口調で言う。

「さあ、何度だったかねえ……。考えてみれば、おまえさんとは二十年以上の付き合いだ……。その間、一月《ひとつき》に一度か二度、ときには三日に上げずお座敷帰りにこうして酒を酌《く》み交わしていたからね。数え切れないといったほうがよいかもしれない……」

「けど、一線を退いたからって品川宿を離れるわけじゃないんだろ？　だったら、これからもあちしが声をかけるからさ。そうだ！　月に一度はここで逢わないかえ？」

「ああ、是非にもそうしたいねと言いたいところだが、実は、そうもいかないんだよ……」

菊丸が申し訳なさそうに、上目《うわめ》に幾千代を窺う。

「そうもいかないとは……」

「…………」

「北馬場町《きたばんばちょう》の仕舞《しも》た屋を出るつもりはないんだろう？　だって、あの家は姐さんが自前となった際に大家から買い取ったって……」

「そうなんだけどさ。まっ、いいか、どうせ皆にも判ることだから言っちまって……。実はさ、大伝馬町《おおでんまちょう》の太物商《ふとものしょう》糸満《いとまん》のご隠居と一緒に暮らすことになってね」

「糸満のご隠居って……」

幾千代が目をまじくじさせる。

菊丸にそんな男がいたとは初耳だった。

「幾千代さんが知らなくても無理はないさ……。おまえさんが品川宿に来る前の話のことで、つまり、あたしの旦那だった男《ひと》のことなんだよ。あたしは糸満の旦那にお披《ひ》露目《ろめ》の仕度金《したくきん》を出してもらって一本になったんだけど、それから暫くして、あたしを身請して妾宅《しょうたく》を構えるので手懸《てかけ》にならないかという話が出てね……。滝之屋《たきのや》のおかあさんからも良い話じゃないかと頻《しき》りに背中を押されたんだけど、あたし、やんわりとその話を断ったんだよ……。と言うのも、旦那には長患《ながわずら》いの女房がいて、旦那が一介《いっかい》の担《にな》い売りからお店《たな》持ちになれたのは糟糠《そうこう》の女房のお陰と世間で噂《うわさ》されていたのを知っていたからね……。旦那も女房には頭が上がらない、と口癖《くちぐせ》のように言ってたよ。しかも、病《やまい》で女房らしきことが出来ないことを心苦しく思った内儀《おかみ》さんが、手懸を囲うようにと勧めたと聞いてしまうと、尚更《なおさら》、内儀《おかみ》さんのためにもそんなことは出来ないと思ってさ……。それで、あたしは泣く泣く旦那に別れを切り出した……。手懸を囲うのなら、どうか他の女ごになさって下さいとね……。ところが、あたしにぞっこんだった旦那はそんなことでは引き下がらない……。それで、滝之屋のおかあさんにひと芝居打ってもらったのさ……。菊丸には親が作った三百両という借金があり、借金を皆《みな》にするために、此度《こたび》、尾張《おわり》の豪商に身請されることになったと……。如何になんでも、三百両は大金だからね……。糸満とはいえ、そうそう右から左へと動かせるものじゃない。それで、旦那も諦《あきら》めがついたのか、二度と品川宿に脚を向けなくなってね」

あまりの衝撃に、幾千代は言葉を失った。

菊丸がそこまでの嘘《うそ》を吐いたということは、余程《よほど》、旦那に惚れ込んでいたということ……。

心《しん》から惚れ込んでいなければ、とてもそんな嘘は吐けるものではない。

「姐さんたら……」

「莫迦なことをしたと嗤《わら》ってくれてもいい……。けどさ、あたしは病の内儀《おかみ》さんを蔑《ないがし》ろにすることが出来なかったし、旦那にもそうさせたくなかったんだよ。綺麗事《きれいごと》を言っているように思われるかもしれないが、たまに旦那が品川宿を訪ねて来るのと、妾宅を構えるのとでは違うと思ってさ……。ふふっ、幾千代さんには解らないだろうね」

　菊丸が寂《さみ》しそうに笑う。

　幾千代は首を振った。

「いや、あちしにも解るよ。姐さんはそれだけ旦那のことが大切だったんだ！　大切な男《ひと》だからこそ、いくら内儀《おかみ》さんからそうしろと勧められても、旦那には内儀《おかみ》さんを無下に扱ってもらいたくなかった……。ねっ、そうなんだろう？」

　菊丸が辛そうに頷く。

「後にも先にも、あたしは旦那ほど愛《いと》しく思った男《ひと》はいなかった……。それが証拠《しょうこ》に、旦那と別れてからも、他の男に目を向けることはなかったからね」

「それで、姐さんには浮いた話のひとつもなかったんだね」

「ああ……。旦那と別れてからはそれこそ芸一筋で生きてきたからね。年季が明け、自前芸者となってからは余計《よけい》こそ、老後のことを考えて、ちまちまと金を貯《た》めてきてね……。あたしは幾千代さんのように大金を貯めたというわけじゃないけど、てめえの始末はてめえでつけられるようにと思ってさ……」

「じゃ、糸満の旦那とはそれっきりで？」

「ああ……。あたしはてっきり旦那が他の女ごでも囲って、あたしのことなどすっかり忘れているると思っていたのさ。ところが、半年前、両国広小路《りょうごくひろこうじ》で声をかけてきた男《ひと》がいてね……。それがさ、吉川町《よしかわちょう》の髱屋《かもじや》を訪ねたときのことなんだよ。ほら、此の中《じゅう》、頓《とみ》に髪の毛が少なくなっちまっただろう？　このままではお座敷に出るのも憚られると思ったもんだから、思い切って行ってみたんだよ。だからさ、まさか、あんなところで他人《ひと》に声をかけられるとは思っていなかった……。あの界隈《かいわい》には顔見知りなんていないからね。それで一瞬戸惑《とまど》っちまったんだが、よく見ると、なんと、髪こそ真っ白になっていたが、糸満の旦那じゃないか……。旦那はあたしに気づいてすぐさま後を追って来たらしくて、まあ、懐《なつ》かしそうな顔をしてさ……。とまあ、そんなふうにして、二十数年ぶりの再会をしたってわけでね」

菊丸は嬉しそうに頬を弛《ゆる》め、そのときのことを話して聞かせた。

糸満の旦那矢七《やしち》はまるで夢を見ているようだと目を輝かせ、

「やっぱり菊丸だ！　菊丸、ちっとも変わっていないじゃないか……」

と寄って来た。

「嫌ですよ、旦那。こんなお婆さんを摑《つか》まえて……。お久しゅうございます。旦那こそ、少しも変わっておられないではないですか！　あれから二十数年経《た》ったとは思えないくらいです」

「二十数年か……。この二十数年というもの、頭に焼きついたおまえの姿が寝ても覚めても思い出され、今頃、尾張でどうしているのだろうかと……。えっ、おまえ、尾張にいたのではないのか？」

「申し訳ありません」

　菊丸は素直に頭を下げた。

「嘘を吐いてしまいました」

「嘘？　嘘とは……」

「あのとき、あたしはどうしても旦那に内儀《おかみ》さんを裏切らせたくなく、滝之屋のおかあさんに万八《まんぱち》（嘘）を吐いてもらったのですよ」

「なんと……」

　矢七は絶句した。

　そうして、立ち話で済ませるわけにもいかなくなった二人は、近くの茶店に場所を移すと、積もる話をすることに……。

「おまえの気持はよく解ったよ。では、あれからずっと品川宿にいたというんだね」

「お恥ずかしながら、現在《いま》もお座敷で醜態をさらしています。旦那はあれからどうなさいました？　あたしが身を退いた後、どなたかと？」

いやっと、矢七は首を振った。

「あんなことがあってから、あたしはもう二度と女ごと濡《ぬ》れた袖《そで》になるのが嫌になりましてね。考えてみると、あたしはおまえに心底《しんそこ》惚れていたのだろうな……。再び、他の女ごと鰯煮た鍋になるなんて……。だから、極力《きょくりょく》、あたしは華《はな》やかな席に出るのを避けるようになった……。女房もあたしが内を外にしなくなり、傍《そば》にいるのが嬉しかったようでね……。そんな女房を見て、ああ、女房があたしに手懸を囲えと言ったのは本心ではなく、ただただ、あたしに気を兼ねてのことだったのだな、と解ったってわけで……。だから、あのとき、おまえがあたしの申し出を突っぱねたのは強ち間《あなが》違いではなかった、いや、正しかったのだなと……。有難《ありがと》うよ。あのとき、おまえがあたしの誘《さそ》いを突っぱねてくれていなかったら、あたしは女房に対して心ないことをしてしまうところだった……。そんな理由《わけ》で、おまえの気扱《きあつかい》のお陰で、二年前、女房は安らかに息を引きとることが出来ました。あたしに世話になった、済まない、済まない、と何度も手を合わせてね……」

「そうですか……。では、最後は女房孝行が出来たってことですね。それを聞いて、あたしも胸を撫で下ろしました。あたしが身を退いても、すぐさま他の女ごに乗り換《か》えられたのでは、何をしたことか判りませんからね。あっ、思い違いをしないで下さいよ！　決して、厭味《いやみ》で言っているわけではないんですからね」

「ああ、解ってるよ。だが、不思議だなあ……。こうしておまえと話していると、二十数年の空白があったとは思えない。まるで、一廻りぶりに逢ったかのようだ……」

菊丸も相槌《あいづち》を打った。

「ホント！　何もかもが、昨日のことのようですよ」

「では、こうしないか？　あたしは現在《いま》息子に主人《あるじ》の座を譲り、隠居の身……。女房も亡くなったことだし、これからは月に何度か逢って、一緒に食事をしたり四方山話《よもやまばなし》でもしようではないか！　と言っても、今更《いまさら》、あたしが品川宿に脚を向けるのは憚られるので、赤羽橋《あかばねばし》あたりで出逢《であ》うというのは……。三田《みた》一丁目に顔馴染《かおなじみ》の小料理屋があってね。どうだろう、この脚で行ってみるつもりはないか？」

そうして、矢七は菊丸を三田一丁目の小桜《こざくら》という見世に連れて行ったという。

「それからというもの、半月に一度はその見世で愉しいひとときを過ごすようになってさ。年が明けたら一緒に暮らさないかと旦那に言われたのが先月のことなんだよ」

「それで、姐さんもその気になったというんだね？」

「ああ……。だって、旦那に再会しなくても、あたしはそろそろ身を退くことを考えなきゃならないときだったんだもの……。それに、内儀《おかみ》さんが亡くなった現在《いま》となっては、あたしたちが一緒になったからって、哀しむ人なんていない……。息子夫婦にはあたしのことはもう話してあるらしくって、二人とも、好きにしていいと言ってくれたそうでさ……。けど、後添《のちぞ》いにって意味じゃないんだよ。あたしはただ旦那と諸《もろ》白髪《しらが》になるまで仲睦《なかむつ》まじく一緒にいたいと思っているだけなんだからさ。それに、旦那とあたしの歳を考えてごらんよ。もう互いに若くはない……。どろどろしたものなんて微塵芥子《みじんけし》ほどもないからさ……。ねっ、幾千代さん、応援してくれるよね？」

菊丸が探《さぐ》るような目で幾千代を見る。

「ああ、いいともさ！　良かったじゃないか。やっと姐さんの夢が叶《かな》うんだもの……。これまで他の男には見向きもせず、一度は内儀《おかみ》さんのために泣く泣く身を退いた姐さんの想いを、神仏はちゃんと見て下さっていたってことだ！　ああ、真心を持って突き進めば、ちゃんと道は開けるってことなんだね。なんだか胸が一杯になって、涙が出て来そうだよ」

幾千代が目頭《めがしら》を熱くして、菊丸に微笑みかける。

「そう言ってくれて、安堵したよ。あたしさァ、何はさておき、幾千代さんには誰よりも早くこのことを伝えたかったんだよ」

「解った！　お目出度《めでと》うね。姐さんが幸せになると思ったら、あちし、もう寂しいなんて言っちゃいられない！　けど、たまには逢おうじゃないか！　あちし、お邪魔虫《じゃまむし》しちゃうかもよ。大伝馬町の糸満に行けばいいんだろ？」

「いいえ、既にお店《たな》は息子夫婦に譲り渡していて、現在《いま》、旦那は宇田川町《うだがわちょう》の別荘にいるんだよ。この前訪ねてみたんだけど、こぢんまりとした仕舞た屋でさ。老いた二人が住むには最適な家……。けど、庭が広いんだよ！　名前も知らない草花が一杯咲いていて、庭の手入れをするのが老後の愉しみとなりそうだよ」

菊丸が活《い》き活きと目を輝かせる。

ああ、姐さんは幸せなんだ……。

幾千代の胸が一杯になる。

「そう言えば、姐さん、本名はなんていったっけ？」

幾千代の唐突《とうとつ》なその問いに、菊丸がくすりと肩を揺らす。

「あら嫌だ！　知らなかったっけ？　でも、聞いて嗤わないでおくれよ。それがさ、お、か、め……。ねっ、親を恨みたくなるだろ？　だからさ、芸名を菊丸とつけられたとき、あたしがどれだけ嬉しかったか……。旦那もさ、あたしの本名を知らなかったものだから、聞いた途端《とたん》、腹を抱《かか》えて嗤うじゃないか……。けどさ、あの男《ひと》、優《やさ》しいもんだから、これからはお菊《きく》と呼ぼうと言ってくれてさ。そう言えば、幾千代さんは？」

「あちし？　あちしはおちよ……」

「ああ、それで幾千代と……。いいなァ、おちよなんて可愛《かわい》い名で……。あら嫌だ！　喋《しゃべ》ってばかりで、すっかり三白鍋が冷めちまったよ。温め直してもらおうか。ちょいと、お佐智さァん！」

　菊丸が土間に向かって声をかける。

　すると、衝立《ついたて》の陰からお悠が顔を出した。

「温め直しですね。はい、ただ今温め直してきますんで……」

　お悠が前垂《まえだ》れで目許を拭《ぬぐ》い、手を差し出す。

　どうやら、聞くとはなしに菊丸の話が耳に入ってしまい、感無量《かんむりょう》となったようである。


　北馬場町に戻る菊丸と行合橋で別れてからも、幾千代は昂揚《こうよう》する気持が抑《おさ》えきれず、酒に火照《ほて》った頰を夜風に当てながら、目黒川沿《めぐろがわぞ》いに猟師町《りょうしまち》へと歩いて行った。

刻《とき》は既に四ツ半（午後十一時）近くになろうとするのであろうか……。

夜更《よふ》けの土手道には、人っ子一人見当たらない。

姐さん、良かったね、本当に良かったね……。

そう思う一方で、どうしても心寂《うらさみ》しさが拭えない。

それがどこから来るものなのかも解っていた。

人間、死ぬときは独り……。

いいじゃないか、そのときが来るまで気随《きずい》に生きていけば……。

そう思い、幾富士を手放す覚悟もしたし、この先病に倒れるようなことがあったとしても、薬料《やくりょう》（治療費）や世話をしてくれる者への手当に困らないようにと、花代《はなだい》の他に阿漕《あこぎ》に大尽貸しをして金を貯めてきたのだった。

それに、幾千代に万が一ということがあった場合、お端女《はした》のお半《はん》に白猫の姫《ひめ》の面倒を見させるべく手はずを調《ととの》えている。

二歳の姫はこの先恙《つつが》なく過ごせば、あと十四、五年は生きるであろう。

そう思い、お半には纏《まと》まった金子《きんす》を託《たく》し、姫を末永く見守ってくれるようにと約束させたのだった。

無論《むろん》、そのことは遺言状《ゆいごんじょう》に認《したた》めてある。

「嫌ですよ、縁起の悪い！　大丈夫ですよ。姐さんは姫よりうんと長生きをします。姐さんだって、いつも言っていなさるじゃありませんか……。頼むから早くくたばってくれと悪態《あくたい》を吐かれようと、誰がくたばるもんかって……。それに、仮にあたしが姫の世話をするようなことになったとしても、お金を貰おうなんて思っちゃいませんからね……。姐さんは姫を姐さんだけの猫と思っていなさるようですが、あたしにとっても姫は掛け替《が》えのない猫なんですからね。放っておくわけがないじゃありませんか！」

遺言状を見せ、金は違い棚《だな》の引出に入れておいたと言うと、お半は珍しく血相《けっそう》を変えて鳴り立てた。

「そりゃ解ってるさ……。解ってるけど、あの金には、我儘《わがまま》なあちしによく尽くしてくれた、おまえへの礼の意味が籠《こ》もっているんだからさ……。それに、金はないよりあったほうがいい！　勿論、この家はおまえにやるつもりだけど、あちしがいなくなってもおまえが困ることがないように纏まった金を持っていたほうがいいだろう？　だから、約束しておくれ！　まず一つは、姫のこと……。そしてもう一つは、あちしの墓のことなんだけど、海蔵寺《かいぞうじ》の投込塚《なげこみづか》に埋葬《まいそう》しておくれでないか……。立場茶屋おりきの女将さんは妙国寺《みようこくじ》で眠るようにと言ってくれているが、半蔵《はんぞう》が海蔵寺の投込塚に葬られているというのに、あちしだけがてめえの墓に葬られてよいはずがない！　そのために、あちしは祥月命日《しようつきめいにち》ばかりか月命日の投込塚詣《まい》りを欠《か》かすことなく、もう少し待っていておくれよ、すぐにあちしもそこに行くからね、と半蔵に手を合わせてきたんだからさ……。だからさ、あちしが投込塚に詣れなくなったら、その務めをお半に引き継いでもらいたいんだよ……。いいね？　解ったね？　あちしが亡くなった後のことを何もかもおまえに託すからさ。遺《のこ》した金はおまえと幾富士、おたけの三人で分けるといいが、半分はおまえが受け取るようにと遺言状に書いておいたからさ」

幾千代は顔色ひとつ変えることなく、諄々《じゆんじゆん》とお半に話して聞かせた。

「そんな……。あたしはもう充分すぎるほど姐さんにしてもらいました。これ以上は……」

お半は狼狽《うろた》え首を振った。

「てんごう言ってんじゃないよ！　幾富士には充分すぎるほどのことをしてきてやったし、あの娘《こ》には現在《いま》では京藤《きようふじ》という大店《おおだな》がついている……。それに、おたけも魚屋の亭主に嫁《とつ》がせる際に持参金を持たせてやったし、何より、心強い亭主がいる……。それに引き替え、おまえは独りぼっちになっちまうんだよ？　考えてもみなよ。おまえほど幸薄《さちうす》い女ごはいないのだからさ……。奉公先の若旦那との間に生まれた赤児《やや》を取り上げられ、しかも、その娘《こ》も既にこの世にはいない……。あちしはさァ、おまえがこの家に来てくれるようになったのは宿世《すくせ》の縁と思ってるんだよ。そりゃさ、おりきさんに引き合わされたって形になっているよ……。おりきさんが妙国寺詣りの帰路おまえに再会し、そのときたまたま、あちしが帳場にいておまえに出逢った……。これが縁だと思わないでどうすんのさ！　行き場を失ったおまえと、おたけを嫁に出してしまうと人手《ひとで》がなくなるあちしが出逢ったんだからさ……」

三年ほど前のことである。

あのとき、天涯孤独《てんがいこどく》となったお半に、おりきが立場茶屋おりきで働いてみないかと水を向けると、お半はこう答えた。

「隠しても仕方がないので正直に言いますが、居酒屋の小女をしていたといっても、あたし、客あしらいが下手で……。客の前に出ると気後《きおく》れしちまい、それで、一月《ひとつき》もしないうちに板場の下働きに廻されたのです。白河屋《しらかわや》にいた頃は店衆の賄《まかな》いを一手《いって》に引き受けていましたし、他人《ひと》に接するより、あたしはおさんどんをしているほうが向いてるんです。だから、あたしは茶立女《ちゃたておんな》や旅籠の女中は務まらないんじゃないかと思って……。追廻《おいまわし》みたいなことをやらせてもらえれば助かりますが、それでは駄目でしようか？」

お半にそう言われても、茶屋でも旅籠でも追廻は男衆《おとこし》と決まっていて、生憎《あいにく》、八文屋《はちもんや》でも彦蕎麦《ひこそば》でも人手は足りていた。

そこに、救いの手を差し伸べたのが、幾千代だった。

「困ることなんてないさ！　だったら、うちにおいでよ。いえね、おりきさんも知っていると思うが、お端女のおたけ……。そのおたけに縁談があってさ！　まあ、蓼食《たで》う虫も好き好きとはよく言ったもんだよ。おたけもいい歳だし、あのご面相《めんそう》だろ？　正な話、おたけのことは生涯あちしが面倒を見なくちゃと思っていたところ、出入りの魚屋がおたけのことをいたく気に入っちまってさ……。なんとしてでも、おたけを後添いに欲《ほ》しいと言い出したんだよ。後添いといっても、子は既に奉公に出しちまった後だし、煩《うるさ》い舅《しゅうと》や姑《しゅうとめ》もいない……。これはまたとない話だと思っていたら、なんと、おたけもその男の許に行ってもいいと言いだしたじゃないか！　それで、ほぼ話は纏まったんだが、おたけに辞められると、忽《たち》ちうちはおてちん（お手上げ）だ！　現在《いま》、口入屋《くちいれや》に声をかけているんだが、廻されて来るのが帯に短し襷《たすき》に長しでさァ……。けど、さっきから話を聞いていて、あちしはこの女《ひと》が気に入ったよ。どこかしら惹《ひ》かれるものがあってさ……。永年《ながねん》、海千山千《うみせんやません》の花街に生きてきて、あちしは他人《ひと》を見る目だけは確かだからさ！　おたけも跡《あと》を引き継ぐお端女が決まるまではと祝言《しゅうげん》を挙《あ》げるのを延ばしてくれているから、きっと、この話を聞いたら悦ぶだろうさ……」

お半も幾千代の言葉に頰を弛めた。

「給金は年一両二分で、二季《にき》の折れ目に渡すので相場《そうば》と思ってもらってもいいが、うちは食い物にだけは出し惜しみをしないからね。余所《よそ》よりうんと美味いものが食えるし、掃除、洗濯、炊事とやることだけやってくれれば、小煩《こうるさ》いことは言わないからさ。なんせ、あちしと妹分の幾富士しかいないんだから、さして気を遣《つか》うこともない……」

そうして、幾千代は猫がいることを思い出し、猫は好きかえ？　と訊ねたのだった。

「ええ、大好きです！」

「それで決まりだ！　おたけはお端女として出来た女ごだったが、唯一《ゆいいつ》の難点が、癇《かん》性《しょう》のあまり猫が嫌いでね。が、それでも、よく尽くしてくれたんだ……。有難《ありがた》く思わなくちゃならないが、猫が好きに超《こ》したことはないからさ！　どうだえ、おりきさん、あちしが今日この場に居合わせたのも、おまえさんの言葉を借りれば、先代のお陰……。だって先代がこの女《ひと》に引き合わせてくれたんだもの、あちしも妙国寺にお詣りしなくっちゃね！」

幾千代はそう言い、茶目っ気たっぷりに片目を瞑《つぶ》ってみせたのである。

お半とはそんなふうにして出逢ったのであるが、二年後、幾富士が京藤伊織《いおり》に嫁ぎ、黒猫の姫も姿を消した。

お半と白猫の姫が傍にいてくれなければ、現在《いま》、幾千代はそれこそ本当に独りぼっちになっていたのである。

だから、現在《いま》の状況を幸せと思わないでどうしよう……。

が、菊丸のことを聞いた後では、やはり、ほんの少し心寂しい。

あちしだって、半蔵と諸白髪になるのをどれだけ夢見たことか……。

生きていてくれさえしたら、菊丸のように一旦別れ別れになろうとも、再び、出逢うことが出来たのである。

一途《いちず》なことにかけては、あちしだって決して菊丸姐さんに負けはしない。

愛別離苦《あいべつりく》ほど、最《さい》たる辛さはないのである。

しかも、半蔵がお店の金十両を盗んだと冤罪《えんざい》を被《こうむ》り、鈴《すず》ケ森《もり》で露《つゆ》と化した原因は幾千代にあるといってもよいのだから……。

幾千代はひやりと項《うなじ》を撫でていく夜風にぶるるっと身を顫《ふる》わせ、猟師町を目掛けて足早に歩いて行った。

　里実が蹲《うずくまる》型《がた》の掛け花入れから猿捕茨《さるとりいばら》の紅《あか》い実を一枝垂《ひとえだた》らし、根締《ねじ》めに白の浜菊《はまぎく》を三枝《みえだ》投げ入れ、あっと慌てて一枝取り除《のぞ》いた。

　どうやら、浜菊の一枝に開花した花の他に蕾《つぼみ》があるのに気づき、それで、花の数を奇数《きすう》にしようと一枝抜き取ったのであろう。

　茶花《ちゃばな》では偶数《ぐうすう》を陰の花といって嫌う。

　と同様に、不用の花とされるものに、掛軸《かけじく》や襖《ふすま》に描《えが》かれた絵と被《かぶ》る花や、悪臭や異臭、悪形の花、また毒のある花、香気《こうき》の強すぎる花などがあり、おりきの好きな花の一つでもある鳥兜《とりかぶと》などは、花自体は可憐《かれん》な青紫色をしているといっても、客に気色《きしょく》悪がられてはならないと思い客室には使わない。

「よく気づきましたわね」

　おりきがそう言うと、里実は照れたような笑みを見せた。

　里実は同じことを二度と言わせることのない娘である。

しかも、枝や色の見切りにしても迷いがなく、不用と思える枝にはバッサリと鋏を入れ、花の色が交叉《こうさ》するのを絶妙に避けた。

何より、花入れの選び方には頭の下がるような思いで、この頃うち、おりきが口を挟まなくても、どの花にはどんな花入れが適しているか見分けるのだった。

「女将さん、活け花に関しては、もう里実に教えることがねえようでやすね？」

達吉が感心したように言う。

「やはり、高尾山《たかおさん》の麓《ふもと》で育ったことがものをいうのでしょうね。草花の名前など、わたくしより詳《くわ》しいほどですもの……」

おりきも目を細め、里実をこのような賢い娘に育ててくれた恵心尼《けいしんに》に、改めて手を合わせたくなってしまうのだった。

「そう言ャ、巳之《みの》さんも言ってやしたぜ。福治は実に物覚えがよいと……。この分なら、そろそろ先付をあいつに委せてみようかと言ってやしたからね」

「まあ、先付を……」

おりきが驚いたような顔をする。

それもそのはず、先付は会席で一等最初に出て来る料理で、謂《い》わば、顔見世《かおみせ》、ご挨《あい》拶《さつ》料理といってもよいだろう。

よって、先付の善《よ》し悪《あ》し、気が利《き》いているかいないかで、後から出て来る料理への関心が違ってくる。

そんな大切な役目を果たす先付を委せてみようかというのであるから、巳之吉が如何に福治を見込んでいるか……。

「それは愉しみですこと！」

おりきは満足そうに微笑むと、里実を目で促《うなが》す。

「では、今日はここまでにしておきましょう。明日は茶室にて茶の稽古《けいこ》をすることにします」

「はい」

里実が手早く油紙《あぶらがみ》の上に散った猿捕茨の枝を掻き集め、帳場から出て行く。

「幾千代姐さんがお越しでやす」

玄関側の障子《しょうじ》の外から、下足番《げそくばん》見習の末吉《すえきち》が声をかけてくる。

四ツ（午前十時）前に幾千代が訪ねて来るのは珍しいことで、おりきは首を傾げた。

今時分、幾千代がやって来るとは……。

「邪魔するよ！」

幾千代は湯屋《ゆや》帰りなのか、常着《つねぎ》の上から半纏《はんてん》を羽織《はお》り、洗い髪を櫛巻《くしま》きにしていた。

「おいでなさいませ。湯屋からの帰りですか？」

「ああ……。湯に浸かっていたら、どうしても、おりきさんの顔が見たくなっちまってね。現在《いま》の時刻なら、少しくらい邪魔をしても構わないのじゃないかと思ってさ」

「ええ、構いませんことよ。午前の仕事を終《お》え、里実に茶花を活けさせたばかりのところでしてね」

「花入れを手に二階に上がって行く里実の後《うし》ろ姿を見掛けたが、ああ、そうだったのかえ……。で、どうだえ？　すこしはものになりそうかえ？」

幾千代が長火鉢《ながひばち》の傍に腰を下ろす。

「ええ、里実は本当に物覚えがよく、思惑《おもわく》どおりにことが運びそうです」

「それは良かった！　おきちじゃこうはいかなかったもんね、そりゃそうと、おきちの祝言がそろそろなんじゃ……」

「ええ……。三吉《さんきち》のときと同様に、此度も祝言に参列してやれずに心苦しいのですが、この商《あきな》いをしている限り、何日も旅籠を留守にするわけにはいきませんのでね……」

おりきが寂しそうに眉根《まゆね》を寄せる。

「なに、二人とも解ってくれてるさ！　おりきさんは祝言に参列する代わりに、おきちに充分すぎるほどのことをしてやったんじゃないか……。あとは、品川宿から幸せを願ってやれば、それでいい……。と言っても、子が巣立っていくのは嬉しいような寂しいような……。寧ろ、寂しさのほうがより強いのかもしれないね。あちしも幾富士のときにそんな想いになったから、おりきさんの気持がよく解るんだよ……。ところがさ、取り残された想いは幾富士のときだけでもう充分というのに、またもや、あちしだけ取り残されたような気持になっちまうとはさァ……」

幾千代がおりきの淹《い》れた茶を口に含み、蕗味噌《ふきみそ》を嘗《な》めたような顔をする。

「取り残されたとは？」

咄嗟《とっさ》には幾千代の言う意味が解らず、おりきはとほんとした顔をした。

幾千代が唇をへの字に曲《ま》げる。

「おりきさん、菊丸姐さんに逢ったことがあるかえ？　あちしと同じ地方だが、姐さんは地唄《じうた》が専門でさ」

「いえ、わたくしは存じませんが……」

「そりゃそうだよね。立場茶屋おりきは料理旅籠だから、芸者を上げて宴会なんてしないもんね……。いえね、あちしは姐さんとは長い付き合いで、あちしが品川宿に来た頃には、あの女《ひと》、既に両本宿《りょうほんしゅく》で名を馳《は》せていたからさ！　歳はあちしより三歳上なんだが、随分《ずいぶん》とあちしを妹分として可愛がってくれてさ……。あちしはこんな気性《きしょう》だから、思ったことをなんでもポンポンと口にするし、あちしが他の芸者衆《げいしやし》や客と揉《も》めそうになると、いつも、さり気なく間に入って庇《かば》ってくれてさ……。とにかく、気質《きしつ》が真反対というのに、姐さんとあちしは何故かしら馬が合ってさ！　お座敷がはねると、よく二人して盃を傾《かたむ》けたもんだよ……。ああ、芸だけではなく、互いのことも腹を割って話したもんでさ……。だからというのでもないんだが、あちしは姐さんは生涯旦那を持たずに自前芸者を徹《とお》し、身体が続く限り、お座敷に出るものとばかりに思っていたんだよ。それなのに……」

幾千代はそこで言葉を切ると、深々と肩息《かたいき》を吐いた。

「それなのに？」

「ああ、それがさ……」

幾千代が菊丸のことを話して聞かせる。

「まあ……。それはお目出度い話ではないですか！」

おりきが目を輝かせると、幾千代は再び太息《ふといき》を吐いた。

「目出度いよ。それは解ってるんだけどさ……」

「取り残されたと思い、それで寂しいのですね？　幾千代さんの気持はよく解ります。けれども、幾千代さんは決して一人ではないのですよ。わたくしが傍にいるではないですか！　それに、猟師町に戻れば、お半さんも姫も待っているのですよ。幾富士さんだって、京藤に嫁いだといっても、猟師町には幾千代さんがいて、未だに現役《げんえき》で我勢していると思うからこそ心強いのではないですか……。ですから、菊丸さんのことは心から祝ってあげましょうよ。わたくしも、菊丸さんと糸満のご隠居の話を聞き、胸が熱くなりました。二十年以上も前のことなのに、互いに相手を忘れることなく慕い合っていたとは……。これほど純粋な情愛があるでしょうか……」

おりきが目をきらきらと輝かせる。

恐らく、菊丸と糸満のご隠居の間柄は、肉欲を超越《ちょうえつ》したものなのであろう。

これこそ、純粋な情愛……。

願わくば、おりきも巳之吉とそんな関係を築《きず》きたいものである。

幾千代がおりきの表情を読み取るや、悪戯《いたずら》っぽい笑みを浮かべる。

「当ててみようか！　おりきさん、今、巳之さんのことを考えただろ？」

おりきは平然とした顔で言い返した。

「ええ、考えましたよ。悔《くや》しいですか？」

「ああ、悔しい……。此畜生《こんちくしょう》！　あちしの思い人はもうこの世にいないというのに、おまえさんにも菊丸姐さんにもいるんだからさ！」

幾千代はいっぱしに悔しがってみせたが、言葉とは裏腹《うらはら》に、その面差しには微塵《みじん》も翳《かげ》りが窺えなかった。

おりきがくくっと肩を揺らす。

「では、半蔵さんを見限って、この世でどなたか見つけますか？」

「天骨《てんこち》もない！　半蔵より好《よ》い男がいるわけがない。半蔵はね、あちしにとっては永遠の男……。そんじょそこらに転がっちゃいないんだからさ！」

「それはご馳走さま！」

おりきと幾千代が顔を見合わせ、どちらからともなくぷっと噴《ふ》き出す。

「ああ、おりきさんに胸の内をさらけ出しちまったら、なんだかすっきりしたよ！　お茶をもう一杯おくれ。そろそろ戻ってお座敷の仕度《したく》をしなくちゃ……」

「あら、ついでですもの、一緒に中食《ちゅうじき》を如何《いかが》かしら？　榛名《はるな》が今日の中食は穴子《あなご》飯《めし》にすると言っていましたので……」

「穴子飯か……。いいねえ！　けど、今日は昼間っからお座敷がかかってるんだよ。中食はまたの機会に廻すことにして、今日のところはお暇《いとま》するよ。元々、腹に溜《た》まったもやもやを吐き出すのが目的だったんだし、それはもう果たせたんだからさ……。ああ、有難う！　おまえさんが淹れてくれる茶はいつだって美味い。ああ、極楽、極楽……」

幾千代は美味そうに茶を飲み干すと、おさらばえ！　と片手を挙げて帳場から出て行った。

「なんでェ、今のは……。まるで、嵐が通り過ぎてったみてェだぜ！」

それまでひと言も言葉を挟まず二人の会話を聞いていた達吉が、呆《あき》れ返ったように幾千代が去ったほうへと目をやる。

おりきはふふっと頬を弛めた。


その夜、すべての客室にお薄《うす》を点《た》てて廻った後、おりきはふっと気の向くまま、中庭へと出て行った。

冬の夜空は冴《さ》え冴《ざ》えとしていて、身も心も洗われるようである。

これまでも何度、心に期《き》することがあると、こうして冬の夜空を見上げてきたことか……。

頭上高く、冷たい光を放つ寒月《かんげつ》……。

どこかしら神秘《しんぴ》で、まるで人の心の中を覗《のぞ》き込んでいるかのようである。

秋の月に比べると随分と小さく見える寒月の周囲《まわり》で、白っぽく瞬《またた》く星の数々……。

恰《あたか》も、見る者の心を鋭く刺すかのような星の光に、おりきは永遠を感じた。

そのときである。

水口《みずぐち》の戸が開き、敷石《しきいし》を踏み締める下駄音《げたおと》が……。

ハッと足音のする方向に目を向けると、月明かりの中に巳之吉の姿が浮かんだ。

「何をしておいでで？」

「驚きましたわ。巳之吉ではないですか……。おまえこそ、どうして？」

「いや、そろそろ二階家に戻ろうかと思ったら、中庭に人の気配《けはい》がしたもんで……。まさか、女将さんだったとは……」

「あら、それは悪いことをしてしまいましたね。いえね、月を見ていたのですよ」

「月？　ああ、いい月でやすね……。どこかしら、ぞくりとするように神秘な美しさだ」

「巳之吉もそう思いますか？　わたくしは中秋《ちゅうしゅう》の月も後《のち》の月も好きですが、冬の月が一番好きなのですよ」

「まったくでやす！　女将さん、好かったら浜のほうまで歩いてみやせんか？」

「浜に？」

「もう、ご用はお済みになったのでやしょう？　だったら、たまにはそぞろ歩きもいいのじゃ……」

巳之吉がおりきの目を瞠《みつ》める。

「そうですね。では、少し歩いてみましょうか」

「提灯《ちょうちん》はどうしやしょう。月夜といっても、足許を照らすために一つは持っておいたほうが……」

「そうですね」

巳之吉が水口の中に入り、提灯の仕度をして戻って来る。

「さあ、参《めえ》りやしょう。女将さん、足許に気をつけて下せえよ」

巳之吉が片手を差し出す。

おりきは一瞬戸惑ったが、巳之吉の手を握った。

その刹那《せつな》、いつだったか、こうして夜の浜辺を巳之吉と歩いたときのことを思い出した。

ああ、小田原《おだわら》の提灯屋小鉄屋《こてつや》の内儀《ないぎ》がこの品の海で甥《おい》と心中をしようとしたときのことだ……。

あのとき、浜木綿《はまゆう》の間の客が心中をしようとしているのではないかと不安に駆られ、旅籠衆を挙げてあちこちと捜《さが》し廻り、おりきは巳之吉とこの浜辺を……。

そう言えば、確かあのとき、わたくしは小走りに歩きながら巳之吉に訊ねたっけ……。

「巳之吉、これからわたくしと心中をしようと思うと、おまえならどこに行きますか？」

「あっしと女将さんが心中？　女将さんが死んでくれとおっしゃるのなら、あっしは悦んでお供しやすがね。けど、どこに行くかと訊かれても……」

「そうですよね。いきなりそんなことを訊かれても困りますよね。けれども、今宵はこんなに月が綺麗です。このような月明かりの中で死を選ぶとすれば、水面《みなも》に漂《ただよ》う月影を追って海の中へ……。わたくしなら、そうするかもしれません」

巳之吉はつと脚を止め、おりきを睨みつけた。

「てんごうを！　冗談にも、そんなことを言わねえで下せえ」

「ごめんよ、悪かったね……。わたくしがそんなことをするわけがないではありませんか。わたくしには護《まも》らなければならない大切な仲間が沢山いますもの……。あの人たちを放って、自ら死を選ぶことなど出来ません。それに、わたくしには自ら死を選ぼうとした苦《にが》い思い出がありますからね。あのとき、先代が引き留《と》めて下さらなかったら、現在《いま》のわたくしはありませんでした。巳之吉にも逢えなかったでしょうし、素晴らしい仲間にも巡《めぐ》り逢えなかった……。何より、生きることの悦びを知らないままにいたでしょう。何があろうとも、死んで花実《はなみ》がなるものか、生きていればこそ、良いこともあるのですものね」

そんな会話がなされ、おりきたちは小鉄屋の内儀お浪《なみ》と甥の年彦《としひこ》が波打ち際《ぎわ》にいるのを見つけたのだった。

巳之吉は二人を目掛けて駆け出した。

「莫迦なことをするもんじゃねえ！」

「放しとくれ！　死なせておくれ！」

「後生一生《ごしょういっしょう》のお願《ねげ》ェだ。あたしとお浪さんを引き離さねえでくれ……」

「いいえ、死なせはしません！　死んだら、その時点で二人は離れ離れとなるのですよ。生きていればこそ、二人で共に歩む道も開けるのです」

「そうでェ！　何があったか知らねえが、この世に解決できねえものなんてねえんだよ。その努力もしねえで、四の五の言うんじゃねえや！」

お浪が蹲り、わっと袂で顔を覆《おお》うと、年彦がその背を庇うように両手で包み込んだ。

「お泣きなさい。泣いて、胸に溜まったものを吐き出してしまうのです。そうして、少し気持が収まったら、旅籠に戻って話を聞きましょうね」

それで二人は死ぬのを思い留まったのだった。

結句、道ならぬ恋に陥った伯母と甥の生命《いのち》を救うことになり、二人は江戸へと出て行ったのであるが、あれから三年余……。

今頃、二人はどうしているのであろうか……。

「女将さん、今、提灯屋の二人のことを考えていたんじゃありやせんか?」

巳之吉が耳許で囁く。

「よく解りましたね」

「そりゃ解りやすよ。女将さんが考えていることは大概《てえげえ》のことが解るってもんでよ……」

「では、たった今、わたくしの胸に過《よ》ぎったことが何か当ててみて下さいな」

「たった今、女将さんの胸に過ぎったこと……。大丈夫《でえじょうぶ》でやすよ！　あっしはずっと女将さんの傍にいやすから……」

えっと、おりきが巳之吉に目をやる。

その顔は、何故、解ったのかといった顔……。

「本当ですね？　これから先もその気持は変わらないということなのですね？」

「ああ、これから先も永遠《とわ》に……。あっしの女将さんへの想いは変わりやせん。あっしは女将さんと立場茶屋おりきを永遠に護っていきやすんで……」

「巳之吉、有難うよ。わたくしの想いも同じです」

二人はじっと瞠め合った。

巳之吉の瞳《ひとみ》で月明かりが……。

おりきは握り合った手に力を込め、巳之吉の胸にそっと顔を埋《うず》めた。

解説

菊池 仁

これほど胸に沁《し》みて、心地良い最終巻に出会ったのは久々である。鮮やかな筆さばきに脱帽というのが正直な感想である。

二〇〇六年から書き継がれてきた人気シリーズ「立場茶屋おりき」は、本書『永遠に』（第二十五巻）をもって幕を下ろす。「木染月」、「秋の行方」、「蜜柑」、「永遠に」の四話で構成されているのだが、実に考え抜かれた珠玉の短編が揃《そろ》い、いずれも本シリーズのコアとなっている〝凜《りん》とした佇《たたず》まい〟が匂い立ってくるような申し分ない仕上りとなっている。

本書については後述するとして、文庫書き下ろし時代小説の歴史に偉大な足跡を遺《のこ》すことになる本シリーズの特徴をまとめておく。

時代小説の活性化を狙って、文庫書き下ろしが登場してから、二十年以上を経て、今や刊行点数では単行本を凌駕《りょうが》するまで成長した。特に、シリーズものという特性をいかして、大河小説的な趣向を導入し、内容の濃さ、巻数、販売実績等で抜きん出た人気シリーズがある。ちなみに主だったものを列挙すると、佐伯泰英「密命」（全二十六巻）、「居眠り磐音　江戸双紙」（全五十一巻）、鳥羽亮「はぐれ長屋の用心棒」（既刊三十六巻）、小杉健治「風烈廻り与力・青柳剣一郎」（既刊三十四巻）、鈴木英治「口入屋用心棒」（既刊三十四巻）、和田はつ子「料理人季蔵捕物控」（既刊三十巻）等がある。いずれも市井人情もの、武家義理もの、剣豪もの、捕物帳といった人気ジャンルを巧みにミックスし、独自の物語世界を構築することで、人気を得たシリーズものである。

　ところが「立場茶屋おりき」の特質は、これらのシリーズものと一線を画しているところにあった。簡略に言えば〝市井人情もの〟に徹したスタンスにある。ただし、このジャンルには物語に広がりがなくなるというリスクがつきまとう。作者はそれをカバーするために、用意周到な仕掛けを施している。

　第一は品川宿門前町の立場茶屋というグランドホテル形式の舞台装置を設定したことである。江戸と地方をつなぐ境界という舞台が、そこで起こる人間ドラマの切り口を鋭くし、より濃縮した展開が可能となる。

　第二はおりきの人物造形のうまさである。情に厚く、鉄火肌、その上に美人という設定だけなら市井人情ものによく登場するキャラクターだが、作者はそこに〝心に秘めた修羅の妄執〟をもつ武家の出という過去と、初代おりきの遺志を継ぐという重責を負わせている。この二つの要素、つまり武家の出にすることで、武家社会のバックボーンである〝義理（儒教で説く、人のふみ行うべき正しい道）〟と、先代の遺志である〝人情（自然に備わる人間の愛情）〟を、生きる糧としてかかえこんでいるところに造形の妙と独特の深味がある。

その象徴がシリーズを貫いている「人は情けのうつわもの」という言葉である。第九巻『願の糸』刊行の際に行なわれた著者インタビューの中で次のような印象深い発言をしている。

《「人は情けのうつわもの」という江戸時代の言葉があります。この言葉が私の全作品の主流となっています。「人は情けをもって人に接していれば、必ずや巡り巡って自分に戻ってくる」という意味です。人は一人で生きているのではなく、みんなが支えあって生きていることを、小説で伝えていきたいです。》

この発言が第三の仕掛けにつながってくる。シリーズものはその性格上、群像劇にせざるをえないという宿命をもっている。要するに群像劇を巧みにさばく力量が、作家に問われることになる。作者は第一巻『さくら舞う』で、要所要所で長いセリフを使っている。実際にはあまり、能弁でない寡黙な登場人物にあえて長いセリフを喋《しゃべ》らせている。これが群像劇にリアリティを与える役割を果たしている。巻を追うごとにセリフに〝こく〟と〝深味〟が増していることは注目に値する。

第四は品川宿の四季の移ろいをエピソードの背景におくことで興趣を盛り上げていることだ。その四季の移ろいを伝える手法として、草花や木をクローズアップし、繊細なタッチで描いていることと、さらにシリーズの名物となった料理を、香りと匂いが立ち上ってくるような肌理《きめ》細かな筆致で描いていることだ。これが〝今井絵美子節〟となって、独特のメロディを奏でていることが、多くの女性ファンを虜《とりこ》にした原動力であろう。日本語の美しさを堪能《たんのう》してもらいたいという意図があることがわかる。

これらにはいずれも日本の生活様式を支えてきた原風景を記憶にとどめておきたいという作者の願いがこめられている。現在、科学文明の発達や政治の歪《ゆが》みが、人間の精神を社会的にも個々の生活でもひどく蝕《むしば》んでおり、それに歯止めをかけるものが望まれている。日本的情緒は、読者の感情移入をしやすくするための回路であり、作者が苦心の末に樹立した小説作法といっていい。作者の作品にはそういった骨太な現代批評もこめられている。祈りと表現したほうが正鵠《せいこく》を射ているかもしれない。

これらと関連するのだが、もうひとつ注目しておきたいことがある。

二〇一一年八月に刊行された『母子草』の四話「蛇苺」に品川宿が大きな地震に見舞われたことが書かれている。前掲『願の糸』はその震災で親兄弟を失った子供たちのエピソードを綴《つづ》ったものである。あらためて指摘するまでもないであろう。東日本大震災を念頭に書かれたもので、作者の時代感覚の鋭さを示している。

以上、本シリーズの特質を述べてきたが、冒頭でも述べたように、本書はその特質が最も高い形で昇華したものとなっている。

例えば一話「木染月」の冒頭を読むとよくわかる。前作『幸せのかたち』の四話「河鹿宿」で、おりきは妙国寺の住持から里実という女性を預かってくれと頼まれる。細かい経緯については興を削《そ》ぐので割愛するが、その里実との初対面が冒頭の場面である。出だしの二行がすごい。

《おりきは達吉の背後からそっと顔を出した里実を見て、きやりと胸が高鳴るのを感じた。》

作者はさらりと書いているが、これほど簡潔におりきの複雑な胸の内を表現した文章はない。実は里実は先代の孫かもしれないのだ。当然、血筋からいっても三代目の資格をもっている。といっても大切なのは人柄だ。自分の目に適《かな》うのか。さらに養女にしたおきちの処遇の問題もある。複雑と表現したのはそういう意味だ。「木染月」

はこの経緯を受けてのエピソードを綴ったものである。

注目は作者が里実の人物造形に力を注いでいることだ。特に山野草のくだりは、山野草を慈しみ、愛《め》でることで、生活の潤いとしてきた日本人の生活文化が息づいている。これは三代目の重要な資質を語るものだけに、里実の人物像に彫《え》り込んでいるのである。

作者は、続く「秋の行方」で懸案となっていたおきちの今後に触れ、「蜜柑」ではおきわと修司の交情にスポットを当てるなど、女将《おかみ》交代のための準備を進めていくおりきの姿を描いている。それは「人は情けのうつわもの」という言葉を見事に体現したものとなっている。そして、最終話「永遠に」へと流れ込んでいく。おりきが女将を継いでから二〇年近い歳月が流れた。その歴史の重みが涼やかで、かつ心地良い余韻となって残る名場面がラストに用意されている。大河はとどまることなく、永遠へと流れていく。思わず溜息《ためいき》を吐《つ》いてしまった。

最後になるが、里実が三代目おりきとして活躍する姿を読んでみたいと思うのは、筆者ばかりではあるまい。時は幕末、品川宿も時代の転換期を迎え、あわただしくなる。三代目おりきの切り盛りと、それを優しく見守る二代目。そんな絵が浮かんできた。

（きくち・めぐみ／文芸評論家）

本書は、時代小説文庫（ハルキ文庫）の書き下ろし作品です。

時代小説文庫
い6-33

永遠《とわ》に 立場茶屋《たてばぢゃや》おりき

著者 今井絵美子《いまいえみこ》

2016年8月18日第一刷発行

発行者 角川春樹

発行所 株式会社 角川春樹事務所
〒102-0074 東京都千代田区九段南2-1-30 イタリア文化会館

電話 03(3263)5247[編集] 03(3263)5881[営業]

印刷・製本 中央精版印刷株式会社

フォーマット・デザイン&シンボルマーク 芦澤泰偉

ISBN978-4-7584-4021-9 C0193

http://www.kadokawaharuki.co.jp/[営業]
fanmail@kadokawaharuki.co.jp[編集] ご意見・ご感想をお寄せください。

時代小説文庫

今井絵美子

母子燕《おやこつばめ》

出入師夢之丞覚書

書き下ろし

半井夢之丞は、深川の裏店で、ひたすらお家再興を願う母親とふたり暮らしをしている。亡き父が賄を受けた咎で藩を追われたのだ。鴨下道場で師範代を務める夢之丞には〝出入師〟という裏稼業があった。喧嘩や争い事を仲裁し、報酬を得ているのだ。そんなある日、呉服商の内儀から、昔の恋文をとり戻して欲しいという依頼を受けるが……。男と女のすれ違う切ない恋情を描く「昔の男」他全五篇を収録した連作時代小説の傑作。シリーズ、第一弾。

今井絵美子

星の契

出入師夢之丞覚書

書き下ろし

七夕の日、裏店の住人総出で井戸浚いをしているところに、伊勢崎町の熊伍親分がやって来た。夢之丞に、知恵を拝借したいという。二年前に行方不明になった商家の娘・真琴が、溺死体で見つかったのだが、咽喉の皮一枚残して、首が斬られていたのだ。一方、今度は水茶屋の茶汲女が消えた。二つの事件は、つながっているのか?・(「星の契」)。一親子、男女の愛情と市井に生きる人々の人情を、細やかに粋に描き切る連作シリーズ、第二弾。

時代小説文庫

今井絵美子
美作の風

津山藩士の生瀬圭吾は、家格をおとしてまでも一緒になった妻・美音と母親の三人で、つつましくも平穏な暮らしを送っていた。しかしそんなある日、城代家老から、年貢収納の貫徹を補佐するように言われる。不作に加えて年貢加増で百姓の不満が高まる懸念があったのだ。山中一揆の渦に巻き込まれた圭吾は、さまざまな苦難に立ち向かいながら、人間の誇りと愛する者を守るために闘うが……。市井に生きる人々の祈りと夢を描き切る、感涙の傑作時代小説。

（解説・細谷正充）

今井絵美子
蘇鉄の女《ひと》

化政文化華やかかりし頃、瀬戸内の湊町・尾道で、花鳥風月を生涯描き続けた平田玉《ぎょく》蘊《うん》。楚々とした美人で、一見儚げに見えながら、実は芯の強い蘇鉄のような女性。頼山陽と運命的に出会い、お互いに惹かれ合うが、添い遂げることは出来なかった……。激しい情熱を内に秘め、決して挫けることなく毅然と、自らの道を追い求めた玉蘊を、丹念にかつ鮮烈に描いた、気鋭の時代小説作家によるデビュー作。